Alina Jipp

Der Arzt meiner Tochter
Bonus

Kurzgeschichte & Outtakes

Alina Jipp

Der Arzt meiner Tochter
Bonus

Kurzgeschichte & Outtakes

Die geschilderten Personen und Ereignisse sind frei erfunden.
Ähnlichkeiten mit lebenden oder verstorbenen Personen sind rein zufällig.
Der Roman enthält Szenen, die reinweg Fantasy sind und nicht
niedergeschriebenen Aspekten entsprechen muss.

Die Texte sind nach der neuen deutschen Rechtschreibung von 2006 verfasst.
Bei unterschiedlicher Schreibmöglichkeit hat sich die Autorin für die vom
Duden vorgeschlagene Schreibweise entschieden.

© 2016 **Alina Jipp**
Cover: **Alina Jipp**
Lektorat, Korrektorat & Buchlayout:
Lektorat Buchstabenpuzzle Bianca Karwatt
www.lektorat-buchstabenpuzzle.de

Bibliografische Information der Deutschen Nationalbibliothek:
Die Deutsche Nationalbibliothek verzeichnet diese Publikation in der
Deutschen Nationalbibliografie; detaillierte bibliografische Daten sind im
Internet über http://dnb.de abrufbar.

Herstellung und Verlag: BoD – Books on Demand, Norderstedt

Taschenbuch
ISBN: 978-3-7431-1721-1

Ein besonderes Weihnachtsgeschenk

Entnervt warf ich den Stift auf den Schreibtisch und stand frustriert auf. Jeder meiner Entwürfe war unbrauchbar. Dabei war die Geschichte, die ich illustrieren sollte, wirklich gut. Aber innerlich hatte ich eine Blockade und brachte einfach nichts Gescheites zusammen. Natürlich wusste ich genau, woran es lag, aber darüber wollte ich nun wirklich nicht nachdenken. Deshalb ging ich lieber nach unten in die Küche und backte einen Kuchen.

Schon immer konnte ich bei so rein mechanischen Tätigkeiten, wie Teig kneten und ausrollen, hervorragend nachdenken. Leider liefen meine Gedanken nun wieder in die völlig falsche Richtung. Vier Tage überfällig. Könnte es vielleicht diesmal endlich geklappt haben? Nein, nur nicht darüber nachdenken. Am Ende würde ich sowieso nur wieder enttäuscht werden. Ich schob den Kuchen in den Ofen, stellte den Timer und machte mich wieder auf den Weg in mein Büro. Ich musste mich ablenken.

Natürlich war die Geschichte auf meinem Schreibtisch, in der es um die Geburt eines kleinen Geschwisterchens ging, auch nicht gerade die beste Methode, um nicht über eine mögliche Schwangerschaft nachzudenken. Deshalb nahm ich den Ordner und verstaute ihn im Aktenschrank.

Heute war es wohl besser für mich, wenn ich mich auf meine eigene Geschichte konzentrieren würde. Und bei dem kleinen Cowgirl Judy, das lieber ein Junge wäre, gab

5

es wenigstens nichts, was mich an Babys erinnern konnte. Höchstens mal ein Fohlen, aber das musste ich ja nicht ausgerechnet heute schreiben.

Ob ich doch testen sollte? Besser noch nicht. Ich beschloss, es zu tun, wenn ich bis zum Morgen keine Anzeichen hätte und irgendwie schaffte ich es dann doch, mich den Rest des Tages abzulenken.

Nachdem mein Mann und die Kinder am Morgen aus dem Haus waren, schloss ich mich im Bad ein.

Es war zwar eigentlich albern abzuschließen, da ja niemand mehr im Haus war, dennoch brauchte ich heute die Sicherheit, nicht erwischt zu werden. Zu oft hatte ich Sebastian schon Hoffnungen gemacht und dann war es wieder ein Fehlalarm gewesen. Das wollte ich ihm nicht schon wieder antun. Normalerweise war er so aufmerksam und ihm entging nichts. Im Moment war in der Klinik aber so viel los, weshalb er meine Anspannung noch nicht bemerkt hatte.

Wenn es wieder eine falsche Hoffnung war, machte ich ihn wenigstens nicht auch noch damit verrückt. Nichts wünschte er sich mehr als ein Baby, aber es wollte einfach nicht klappen. Seine Schwester würde in wenigen Wochen ihr drittes Kind zur Welt bringen und ich sah jedes Mal die Sehnsucht und Wehmut in seinem Blick, wenn wir sie trafen und er ihren Babybauch bewunderte.

Fünf Minuten später saß ich auf dem geschlossenen Toilettendeckel und kämpfte gegen die Tränen an.

Negativ!

Natürlich war der Test schon wieder negativ. Wie sollte es auch anders sein? Seit Jahren versuchten Sebastian und ich, ein Kind zu bekommen, aber es wollte wohl einfach nicht sein. Dabei hatten wir jeder ein Kind mit in die Ehe gebracht und waren auch beide völlig gesund, wie uns mehrere Ärzte bescheinigt hatten. Aber egal was wir versucht hatten, es klappte einfach nicht. Wir hatten sogar schon über eine künstliche Befruchtung nachgedacht, diesen Gedanken aber wieder verworfen, weil ich mir die Hormonbelastung nicht antun wollte. Wir waren doch beide zeugungsfähig. Warum wurde ich dann nicht schwanger?

War das der Preis, den das Schicksal für Paulas Rettung forderte? Normalerweise glaubte ich nicht an so etwas, aber manchmal kam mir doch der Gedanke. Dabei hatte Sebastian sie gerettet und sonst niemand. Hätte er sie nicht operiert, wäre mein fröhliches kleines Mädchen heute vielleicht gar nicht mehr, oder sie würde noch immer im Koma liegen. Ein grausamer Gedanke, den ich schnell verdrängen wollte. Irgendwie musste ich mich ablenken, um auf andere Gedanken zu kommen. Über den negativen Test nachzudenken heiterte mich aber auch nicht wirklich auf.

Ich testete mittlerweile schon kaum noch. Als wir nach einem Jahr Ehe beschlossen hatten, ein gemeinsames Kind zu bekommen, hatte ich teilweise schon getestet, wenn ich nur ein paar Stunden überfällig war, nur um jedes Mal enttäuscht zu werden. Das machte ich nun schon lange nicht mehr, aber diesmal war ich schon fünf Tage drüber gewesen und hatte so darauf gehofft, dass es endlich doch geklappt hatte. Nun war doch wieder diese Enttäuschung da. Zu gern hätte ich Sebastian zu Weihnachten mit dieser Nachricht überrascht.

Irgendwie fühlte ich mich, als wäre die ganze Welt dunkel und grau. Dabei schien draußen die Sonne aus allen Knopflöchern und obwohl es erst kurz nach acht Uhr morgens war, zeigte das Thermometer bereits siebzehn Grad an. Der Winter hier in Aptos zeigte sich von seiner schönsten Seite. Trotzdem fror ich heute Morgen. Nicht äußerlich, aber von innen heraus und ich fühlte mich leer. Dabei hatte ich doch alles, was man sich wünschen konnte. Einen liebevollen Ehemann, zwei tolle Kinder, einen Job, den ich liebte, Familie, die immer für uns da war ... Warum konnte ich dann nicht glücklich und zufrieden sein mit dem, was ich hatte?

Vielleicht sollte es einfach nicht sein und ich musste mich damit abfinden. Aber es war wirklich schwer. Nicht nur für mich, sondern auch für Sebastian. Er war in den sechs Jahren, seit wir uns kannten, zu einem wirklich guten Vater geworden, aber das änderte nichts daran, dass er die Jahre bereute, in denen er Alex vernachlässigt hatte. Gerade jetzt, wo der Junge in die Pubertät kam und immer wieder gegen ihn ankämpfte, zeigte sich oft das schlechte Gewissen, das er noch immer hatte. Manchmal musste ich ihm sogar zureden, damit er Alex deshalb nicht alles durchgehen ließ.

Ein weiteres Kind wäre seine Chance zu beweisen, dass er es besser konnte. Wobei er das ja eigentlich längst bewiesen hatte. Im Gegensatz zu Paulas leiblichem Vater, war er in der schlimmsten Zeit meines Lebens da gewesen und er hatte nicht nur mich aufgefangen, sondern auch noch Paulas Leben gerettet. Hätte er sie nicht operiert, wäre sie heute wahrscheinlich nicht mehr. Und seitdem war er beiden Kindern der beste Vater, den es geben konnte.

»Mommy!«, unterbrach Paulas Schrei, der durchs Haus hallte, meine trüben Gedanken. Wenn die Kinder da waren, hatte ich keine Zeit zu grübeln. »Mom, wo bist du?« Schnell steckte ich den Teststreifen, den ich noch immer in der Hand hielt in die Papiertüte und ließ diese im Mülleimer verschwinden. Danach ging ich hinunter, um meine Tochter zu begrüßen. Um diese Uhrzeit hätte sie eigentlich schon längst in der Schule sein müssen. »Ist etwas passiert?«, fragte ich sie deshalb auch sofort und musterte sie von oben bis unten. Zum Glück sah sie völlig unversehrt aus.

»Es gab einen Wasserrohrbruch in der Schule, deshalb durften wir gehen. Mrs. Weber hat dich nicht erreicht und dann bei Dad in der Klinik angerufen. Der hat erlaubt, dass ich gehen darf«, erklärte Paula fröhlich. Ihr schien die Idee eines freien Tages gut zu gefallen. Ich war ehrlich gesagt auch froh darüber, mich nun ablenken zu können, anstatt weiter zu grübeln und mich schlecht zu fühlen.

»Hilfst du mir das Haus fertig zu schmücken?«, fragte ich meine Tochter, die sofort begeistert zusagte. Auch wenn sie mit ihren neun Jahren nicht mehr an Santa Claus glaubte, so liebte sie trotzdem die Vorbereitungen für das Fest.

»Darf ich die Schneebilder ans Fenster sprühen?« Lächelnd stimmte ich zu. Das mit den Schneebildern hatte Sebastian eingeführt, der als gebürtiger New Yorker den Schnee hier in Kalifornien schon manchmal vermisste. Mit fehle der ja gar nicht und ich war froh, dass wir hier im Sonnenstaat lebten. Mit dem Kunstschnee aus der Dose konnten wir aber beide gut leben und die Kinder liebten es, Bilder damit an die Fenster zu sprühen.

Den ganzen Vormittag, während Paula und ich das Haus putzten und schmückten, wartete ich auf Anzeichen meiner Periode, aber es kam nichts. Bisher hatten diese immer kurz nach dem negativen Test eingesetzt, aber heute war da gar nichts. Nicht einmal das typische Brustspannen, das ich sonst immer hatte.

Erst am Nachmittag, als auch meine Männer wieder zuhause waren, ging es mir wirklich besser. Wir beendeten gemeinsam die Dekoration des Hauses - dies Jahr waren wir extrem spät dran - und gingen hinterher gemeinsam an den Strand. Sebastian entfachte ein Lagerfeuer und wir hielten Spieße mit Stockbrot in die Flammen. Es wurde ein schöner Abend.

Die nächsten Tage vergingen, ohne das etwas passierte und ich wurde immer unruhiger. Ich versuchte zwar, nicht so oft darüber nachzudenken, aber im Endeffekt, tat ich kaum etwas anderes. Statt an den Zeichnungen für mein neues Buch zu arbeiten, saß ich stundenlang in meinem Büro und starrte aus dem Fenster. So lange war ich noch nie überfällig gewesen, aber ich traute mich auch nicht, noch einmal zu testen. Vielleicht war ich ja auch gar nicht schwanger, sondern krank? In die Wechseljahre würde ich mit Mitte Dreißig ja wohl kaum schon kommen. Langsam aber sicher steigerte ich mich immer weiter in diese Angst hinein. Was, wenn wirklich etwas mit mir nicht stimmte?.

»Maddie, was ist los mit dir?«, fragte Sebastian mich am Abend vor Weihnachten besorgt, als wir allein waren. Paula schlief schon und Alexander las in seinem Zimmer. Erst wenn auch er schlief, würden wir die Geschenke unter den Baum legen. So war es Tradition und daran hielten wir auch jetzt noch fest, da die Kinder nicht mehr an den Weihnachtsmann glaubten.

»Nichts«, versuchte ich abzuwiegeln. Aber natürlich glaubte er mir nicht.

»Ich sehe doch, dass dich etwas beschäftigt. Habe ich irgendetwas falsch gemacht?«

Wieder verneinte ich, doch er kannte mich einfach zu gut und ließ einfach nicht locker, bis es aus mir heraus brach.

»Ich glaube, ich bin krank und habe solche Angst, dass es etwas wirklich Schlimmes sein könnte. Gleich nach Weihnachten gehe ich in die Klinik und lasse mich richtig durchchecken«, brach es regelrecht aus mir heraus. Sofort zog er mich in seine Arme und hielt mich ganz fest. Ich merkte ihm an, wie besorgt er war. Vor allem weil ich vergeblich mit den Tränen kämpfte. Das half wirklich nicht gerade dabei, ihn zu beruhigen. Genervt wischte ich mir über die Augen. Ich war doch sonst keine Heulsuse.

»Was für Symptome hast du denn? Und warum hast du nicht gleich etwas gesagt?«, wollte er nun wissen. Doch zuerst konnte ich ihm gar nicht antworten, sondern klammerte mich nur weinend an ihn. Erst nachdem ich mich ausgeweint hatte, konnte ich ihm nach und nach alles ganz genau erzählen.

»Wir warten nicht bis nach Weihnachten«, sagte er auf einmal energisch und rief seinen Kollegen in der Klinik an, um abzuklären, ob viel los war. Dies schien nicht der Fall zu sein, denn wenig später sagte er: »Ich sage Alex schnell Bescheid, dass wir kurz wegmüssen und dann machen wir zumindest eine Grunduntersuchung - sofort.«

Noch ehe ich protestieren konnte, lief er auch schon die Treppe hinauf, um unseren Sohn Bescheid zu sagen. Und keine zehn Minuten später war ich in der Baker-Klinik, die Sebastian zusammen mit seinem Vater gegründet hatte. Eigentlich war es hauptsächlich eine neurologische

Klinik, aber es gab auch eine Notfallambulanz und genau dorthin brachte er mich nun.

»Hallo Thomas«, begrüßte mein Mann seinen Kollegen.

»Hallo ihr zwei. Was machst du denn für Sachen Maddie, dass dein Mann dich in der Nacht vor Weihnachten in die Klinik bringen muss?« Thomas klang so besorgt, dass mir die ganze Sache schrecklich peinlich war.

»Das wäre gar nicht nötig gewesen«, versuchte ich die Sache hinunterzuspielen. »Du weißt doch, wie er ist.«

»Es ist nötig, denn dich belastet die Sache und je eher wir wissen, was los ist, umso schneller können wir handeln.« Sebastian sah mich liebevoll ab und ich kämpfte schon wieder mit den Tränen. Was war nur im Moment mit mir los?

»Dann wollen wir mal. Ich habe sonst sowieso gerade keine Patienten hier.« Thomas führte mich in eines der Behandlungszimmer und fing dann mit einer allgemeinen Untersuchung an. Er horchte mich ab, maß meinen Blutdruck, verlangte eine Urinprobe ...

»So dann wollen wir dir noch Blut abnehmen und haben wir für heute Nacht eigentlich alles erledigt«, erklärte er mir nach einiger Zeit. »Ich sehe mir noch schnell die Urinprobe an und schicke das Blut ins Labor. Dann wissen wir bald mehr. Bisher sieht alles ganz gut aus. Nur dein Blutdruck ist etwas niedrig.«

Noch ehe er ins Labor gehen konnte, kam ein Notfall dazwischen und dieser hatte natürlich höchste Priorität. Wir verabschiedeten uns und fuhren nach Hause. Sebastian hatte zwar noch seine Hilfe angeboten, aber die hatte Thomas abgelehnt und versprochen, sich zu melden, falls bei den Laboruntersuchungen etwas heraus kam.

Wir verteilten noch die Geschenke unter dem Baum und gingen ins Bett. Morgen würde ein langer Tag werden. Nach der Bescherung bei uns, würden wir zum Brunch zu meinen Schwiegereltern fahren und auch dort zu Abend essen. Ach meine Eltern und Sebastians Schwester mit Ehemann und Kindern würden dort sein und es würde bestimmt ein langer und lauter Tag werden, wie ich unsere Familie kannte.

Obwohl ich furchtbar müde war, lag ich noch lange wach und dachte nach. Zu niedriger Blutdruck hatte doch nichts mit dem Ausbleiben der Periode zu tun. Aber in meiner Schwangerschaft mit Paula hatte ich auch schon damit zu kämpfen gehabt. War das vielleicht doch ein Anzeichen für eine bestehende Schwangerschaft? Ich betete stumm darum, dass es so wäre. Das wäre doch mal ein Weihnachtswunder.

Irgendwann schlief ich dann doch ein und träumte von einem kleinen blonden Mädchen, das mit wehenden Locken am Strand entlang lief, um sich in Sebastians Arme zu werfen, der sie lachend im Kreis schwenkte. Beim Aufwachen hatte ich dieses Bild noch vor Augen und legte hoffend eine Hand auf meinen flachen Bauch. Konnte der Traum vielleicht ein gutes Zeichen sein? Zumindest startete ich diesen Tag mit einem viel besseren Gefühl als die letzten. Das war auch schon viel wert. Schließlich war heute Weihnachten und das Fest wollte ich genießen. Deshalb beschloss ich, heute nicht in der Klinik anzurufen und keine Gedanken an die Untersuchungsergebnisse zu verschwenden.

Da Sebastian noch tief und fest schlief und ich hellwach war, beschloss ich, schon leise hinunter zu gehen und ein kleines Frühstück vorzubereiten. Die Kinder konnten es bis zum Brunch meist nicht aushalten, schließlich standen sie immer extrem früh auf, um sich auf ihre Geschenke zu stürzen. Ich wunderte mich sowieso darüber, sie noch nicht unter dem Baum zu sehen. In der Küche warf ich einen Blick auf die Uhr und wunderte mich nicht mehr so sehr darüber. Fünf Uhr war nun wirklich noch extrem früh, selbst für unsere beiden Wirbelwinde, es würde sicher noch mindestens eine Stunde dauern, bis sie herunterkommen würden.

Um meinen Männern eine Freude zu machen, entschied ich mich dazu, Pancakes zu machen. Die hatte ich am ersten Morgen nach unserem Kennenlernen für Alex gemacht und noch heute erinnerten sie mich daran, wie sehr ich diesen kleinen Jungen vom ersten Moment an in mein Herz geschlossen hatte.

Als ich gerade dabei war die Zutaten zusammen zu suchen, piepte mein Handy auf der Anrichte und zeigte den Eingang einer Nachricht an. Wer schrieb mir denn um diese Uhrzeit? Ein früher Weihnachtsgruß? Da ich noch viel Zeit hatte, ging ich hin, um die Nachricht zu lesen. Sie war von Jenny, einer guten Freundin, die in der Klinik arbeitete:

Herzlichen Glückwunsch. Ich freue mich so für euch. Sei Thomas nicht böse, weil er sich verplappert hat. Ich erzähle auch niemanden etwas. Wenn das kein Weihnachtsgeschenk ist.

Was meinte sie nur damit? Schnell sah ich nach, ob ich noch eine Nachricht hatte und wirklich, Thomas hatte mir heute Nacht auch eine geschickt:

Es ist alles in Ordnung mit dir, aber in den nächsten Monaten musst du leider auf deine PMS verzichten. Fröhliche Weihnachten

Danach kam noch ein Zwinkersmilie und das Bild eines positiven Schwangerschaftstestes.
Konnte das wirklich sein? Ich war nicht krank, sondern schwanger? Wieder und wieder las ich die Nachrichten und mit jedem Mal wurde mein Lächeln breiter.
Ich war wirklich schwanger! Das war doch wirklich das schönste Weihnachtsgeschenk, das ich bekommen könnte.
»We wish you a merry Christmas, we wish you ...« Der Gesang der Kinder, die die Treppe hinunter kamen, unterbrach meine Gedanken.
Ja, das würden wirklich schöne Weihnachten werden. Ich konnte es kaum erwarten, Sebastian das süße Geheimnis zu verraten.

ENDE

Sebastian - Vor dem Treffen mit Maddie

Gerade war ich von einer Vierzehn-Stunden-Schicht aus dem Krankenhaus nach Hause gekommen und war völlig fertig. Das Einzige, was ich jetzt noch wollte, war eine lange und heiße Dusche und dann nur noch ins Bett und endlich schlafen. Ich liebte meine Arbeit mehr als alles Andere, aber so eine zehnstündige Operation schlauchte doch sehr, aber wir hatten es geschafft. Der kleine Junge würde wieder aufwachen und wahrscheinlich mit der Zeit völlig normal leben können. Doch kaum hatte ich mich hingesetzt, und meine Schuhe in die Ecke gepfeffert, klingelte das Telefon.

»Baker«, meldete ich mich mürrisch. Wer war das denn jetzt? Ich wollte doch einfach nur meine Ruhe.

»Basti Schatz! Ich bin es. Nicole.« Ihre schrille Stimme verursachte Kopfschmerzen bei mir.

»Nicole«, knurrte ich fast und legte einfach auf. Ich hatte unsere Affäre vor einem Jahr beendet und sie wollte es einfach nicht akzeptieren, obwohl ich in dem Jahr noch mindestens dreißig andere Frauen hatte. So genau konnte ich das gar nicht mehr sagen. An Nicole erinnerte ich mich auch nur genauer, weil sie versucht hatte, mir ein Kind anzudrehen. Doch da hätte sie früher aufstehen müssen. Ich achtete peinlich genau auf die Verhütung und der Vaterschaftstest war eindeutig, ich war zu einhundert Prozent nicht der Vater ihres Babys. Das hätte mir auch noch gefehlt. Ich hatte schon einen Sohn, mit dem ich nicht viel anfangen konnte. Das musste ich nicht noch mehr Kindern antun.

Meine Exfreundin, Charlotte, hatte das Kind bekommen, als wir beide noch Studenten waren. Anfangs lief es ganz gut. Ich wollte dem Jungen ein guter Vater sein und hatte viel mehr Unterhalt gezahlt, als ich gemusst hätte und ich wollte mich auch kümmern. Doch ich konnte nicht wirklich etwas mit dem ständig schreienden Bündel anfangen. Schon nach wenigen Monaten schränkte sie den Kontakt immer mehr ein, weil ich ihrer Meinung nach kein guter Vater gewesen war. Mein Geld hatte sie natürlich weiterhin genommen. Kurzfristig war ich sogar der Meinung, dass es die ideale Lösung wäre. Ein paar Dollar und ich hatte meine Pflichten erledigt.

Allerdings hatte sie das Geld versoffen und den armen Kleinen völlig verwahrlosen lassen. Ich hatte davon nichts bemerkt, weil ich den Jungen gar nicht mehr gesehen hatte. Als er zwei Jahre alt war, haben meine Eltern eingegriffen und den halb verhungerten und völlig verdreckten Alex dort herausgeholt.

Mein schlechtes Gewissen war riesengroß, aber ich wusste nicht, wie ich es wieder gutmachen sollte. Also überließ ich Alexander meinen Eltern und Lizzy, die sich alle hingebungsvoll um ihn kümmerten. Ich selbst besuchte ihn zwar regelmäßig, aber ich fühlte mich eher wie ein viel älterer Bruder, statt wie der Vater.

Charlotte hatte einen Entzug gemacht und war dann in eine komische Sekte eingetreten, sie hatte nie wieder nach ihm gefragt. Alexander sah Lizzy sehr ähnlich und liebte sie abgöttisch, sie ihn ebenso und deshalb war er mehr ihr Sohn als meiner. Ich konnte mit dem stillen und schüchternen Jungen einfach nichts anfangen und verstand ihn nicht. Wie konnte er nur so anders sein als ich? Mein Leben lang war ich es, der im Mittelpunkt stand. Ein hübscher und höflicher Junge aus reichem Elternhaus, dazu super Noten, das öffnete mir schon immer alle Türen. Ich war ein Frauenschwarm und nutzte das schon als Teenager schamlos aus. Heute, als angesehener Neurochirurg, tat ich das erst recht. Ich war einer der begehrtesten Junggesellen der Stadt. Warum sollte ich mich auf eine Frau festlegen, wenn ich fünf oder zehn haben konnte? Seit dem Unfall mit Charlotte, achtete ich umso mehr auf Verhütung, aber an meinem Frauenverschleiß änderte das nichts. Ich war halt kein Kind von Traurigkeit und die Frauen machten es mir leicht.

Leider hatten meine Eltern die Geschichte mit Charlotte mitbekommen und auch wenn das Baby nicht von mir war, waren sie nun sauer auf mich. Mein Vater hatte mich für heute Abend zum Essen eingeladen. Deshalb sprang ich schnell unter die Dusche und verschwand dann in meinem herrlichen Kingsize Bett. Ich dachte noch daran, ein Geschenk für Alexander mitzunehmen. Ich hatte einen ganzen Schrank voller Geschenke für ihn und brachte ihm immer etwas mit. Dann war ich innerhalb von Sekunden tief und fest eingeschlafen. Das lernte man als Arzt ziemlich schnell. Man musste einfach jede Sekunde Schlaf auskosten, wer wusste schon, wie lange man diesen genießen durfte.

Als mein Wecker um siebzehn Uhr klingelte, hatte ich auch ausgeschlafen. Schnell machte ich mich zurecht, nahm einen Malkasten für Alexander aus dem Schrank und verließ dann meine Wohnung. Pfeifend stieg ich in meinen Ferrari - ich liebte dieses Auto und konnte ihn in der Stadt viel zu selten nutzen. Autofahren innerhalb New Yorks war oft kein Spaß, viel zu viel Verkehr und die ständigen Staus nahmen mir die Lust, selber zu fahren. Aber die Fahrt zu meinem Elternhaus lohnte sich.

Ihre Villa stand in einem Vorort und als ich dort ankam, parkte ich mein Schmuckstück vor ihrer Garage und sprang dann die drei Stufen hoch zur Haustür.

Kaum dass ich geklingelt hatte, öffnete mir das Hausmädchen auch schon die Tür. Sie warf mir verliebte Blicke zu, aber mit dem Personal meiner Eltern und den Kolleginnen im Krankenhaus, fing ich grundsätzlich nichts an. Das war viel zu anstrengend und ich hatte ja auch so noch genug Frauen zur Auswahl. Mein Vater, der gleichzeitig der Leiter der Klinik war, sah das auch nicht gern und ich wollte es mir mit ihm nicht verderben. Meine Familie war mir sehr wichtig, auch wenn ich das nicht immer zeigen konnte. Ich liebte sie alle, obwohl ich mich mit Elizabeth meistens stritt und mit Alexander nicht viel anfangen konnte. Deshalb nickte ich dem Mädchen auch nur zu und ging schnell ins Wohnzimmer meiner Eltern.

Dort saßen sie auch auf dem Sofa. Ich umarmte kurz meine Mutter und gab ihr einen Kuss auf die Wange.

»Hallo Mom. Hallo Dad. Schön euch zu sehen«, begrüßte ich sie. »Wo sind Lizzy und Alexander?« Auch wenn ich ein miserabler Vater war, freute ich mich doch immer, wenn ich den Jungen sah.

»Die kommen erst zum Essen runter. Vorher möchte ich noch mit dir reden. Kommst du bitte mit in mein Büro?« Dad sah mich sehr ernst an. Und auch wenn er es als Bitte formulierte, hörte ich den Befehl aus seinen Worten. Er wollte mir den Kopf waschen, dabei war ich mir gerade gar keiner Schuld bewusst. Aber es war wie die vielen anderen Male, an denen er mich in sein Büro bestellt hatte, weil ich Mist gebaut hatte. Meistens ging es dabei um irgendwelche Mädchen beziehungsweise Frauen-Geschichten von mir.

Mit dem, was jetzt kam, hatte ich aber nicht gerechnet.

»Sebastian, so kann es nicht weiter gehen«, fing er seine Rede an. »Wenn du weiterhin mit halb New York schläfst und dabei vielleicht noch ein paar Kinder in die Welt setzt, die du dann bei den Müttern oder uns parkst, wirst du für die Klinik untragbar.« Ich starrte ihn mit offenem Mund an. Wie konnte er das nur sagen? Meine Arbeit war mehr als gut und ich hielt meine Frauengeschichten aus dem Krankenhaus raus. Was sollte das denn jetzt? Und wenn ich fünfzig Kinder gehabt hätte, was ging es den Aufsichtsrat an?

»Du willst mich aus der Klinik werfen?« Ich war wirklich geschockt.

»Nicht ICH will das, auch wenn ich deinen Lebensstil nicht gutheißen kann, aber der Aufsichtsrat ist sauer. Deine Nicole, oder wie sie heißt, hat heute ein riesiges Theater in der Klinik veranstaltet, weil du angeblich dein Kind im Stich lässt, den Test gefälscht hättest und die Klinik dir dabei auch noch geholfen hätte. Wir mussten sie vom Sicherheitsdienst entfernen lassen.« Er hob die Hand, als Zeichen, dass ich still sein sollte, als ich ihm ins Wort fallen wollte. »Dass das alles Lügen sind, weiß ich auch, aber es macht einfach einen schlechten Eindruck. Deshalb wirst du in den nächsten sechs Monaten entweder enthaltsam leben müssen oder dir eine feste Freundin zulegen. Das wäre dem Aufsichtsrat noch lieber. Ein solides Leben für einen soliden Arzt, aber Liebe lässt sich nun einmal nicht erzwingen. Du wirst dich verdammt zusammenreißen müssen.« Wenn Dad fluchte, war es wirklich ernst. »Ab Morgen hast du eine Woche Urlaub und danach wirst du einen Monat lang einige Gastreden an Universitäten im ganzen Land halten. Den Plan dafür bekommst du nachher von mir. Und nun lass uns Essen gehen.«

Essen? Wie sollte ich jetzt ans Essen denken. Ich war beurlaubt und wurde für Wochen weggeschickt. Sie hätten mich genauso gut auch kündigen können. In mir wuchs ein Plan. Ich musste mir eine Frau besorgen, die einige Monate lang meine Freundin spielen würde. Nur wo bekam ich eine Frau her, die ich einige Monate lang ertragen konnte? Ohne Sex leben, kam überhaupt nicht in Frage. Vielleicht sollte ich mir eine Prostituierte suchen, die alle meine Wünsche erfüllte und brav tat, was ich ihr sagte. Aber ich wollte keine Professionelle, wer wusste schon, was die für Krankheiten hatte.

Den ganzen Abend grübelte ich darüber nach, wie ich eine Frau für mein Vorhaben finden konnte, und die wieder verschwand, sobald ich genug hatte oder besser gesagt, wenn der Aufsichtsrat der Klinik zufrieden war.

Ich gab Alex sein Geschenk und setzte mich an den Tisch. Er senkte den Blick und bedankte sich artig. Ich war so in Gedanken versunken, dass ich gar nicht mit bekam, was bei Tisch gesprochen wurde. Doch dann wurde ich aufmerksam.

»Na Alexander, was hat dein Dad dir heute mit gebracht?«, fragte Lizzy. Allein ihr Unterton sagte schon wieder alles. Ich wusste nur nicht, was ich nun schon wieder falsch gemacht hatte.

»Einen Farbkasten«, antwortete Alex leise.

»Hast du ihm nicht gesagt, dass es bereits der Fünfte ist, der unberührt in deinem Schrank liegen wird, weil du gar nicht so viel malst?«, bohrte Lizzy weiter und Alexander schüttelte nur den Kopf und senkte den Blick. Ich seufzte.

»Mit was könnte ich dir denn wirklich eine Freude machen, Alex?« Mit einer direkten Frage kam ich wahrscheinlich am weitesten. Zum ersten Mal am heutigen Abend sah er mir kurz in die Augen. »Zeit mit dir«, flüsterte er dann und ließ den Kopf sofort wieder hängen. Scheinbar hatte er keine Hoffnung, diesen Wunsch erfüllt zu bekommen. Die vorwurfsvollen Blicke meiner Eltern und von Lizzy brannten sich in mein Gesicht.

»Ich habe jetzt eine Woche Urlaub, da kann ich dich jeden Nachmittag besuchen kommen.« Zum ersten Mal seit langen sah ich ihn lächeln. Was war ich nur für ein lausiger Vater, aber ich wusste auch nicht, wie ich das ändern sollte.

William auf dem Weg nach Los Angeles

Seufzend fuhr ich mir mit der Hand durchs Haar, eine Eigenart, die mein Sohn von mir übernommen hatte und die selbst Alex nun schon imitierte. Dann raffte ich mich endlich auf, um das Krankenhaus zu verlassen und zum Flughafen zu fahren. Sollte ich Sebastians Geschichte wirklich glauben? Konnte es wirklich sein, dass er sich in Los Angeles verliebt hatte und nur helfen wollte oder machte er das Ganze nur, um seinen Job abzusichern? Mittlerweile kam mir die Idee, ihn zu einer festen Beziehung zu drängen, nicht mehr so gut vor. Liebe konnte man nun einmal nicht erzwingen.

Dass das kleine Mädchen dringend medizinische Hilfe brauchte, sah ich sofort ein, aber irgendetwas war faul an dieser Geschichte. Gerade hatte Sebastian alles geregelt, damit die Tochter seiner Freundin verlegt werden konnte. Alleine das Wort Freundin, in Zusammenhang mit meinem Sohn, klang falsch. Er hatte noch nie wirklich eine Freundin oder Beziehung gehabt, sondern immer nur Affären und nun sollte er ausgerechnet in LA eine Frau finden? Noch dazu eine, deren Kind im Koma lag. Sollte die nicht eigentlich etwas anderes im Kopf haben, als eine neue Beziehung? Das sah ich mir lieber selbst an, ehe sie hier in New York landeten.

Zum Glück hatte Olivia mir schnell eine Tasche gepackt und vorbei gebracht, damit ich nach Los Angeles fliegen konnte, um Sebastian, Mrs. Stark und das kranke Kind eigenhändig nach New York zu begleiten. Ich hoffte darauf, mir unterwegs ein Bild von der Situation machen zu können.

Gerade noch rechtzeitig erwischte ich mein Flugzeug, Passagier der ersten Klasse zu sein hatte schon Vorteile. Ich kam ohne große Probleme noch schnell an Board, obwohl sie die Türen bereits schließen wollten. Ich ließ mich seufzend in den Sitz sinken. Wie so oft fragte ich mich, was wir nur falsch gemacht hatten bei unserem Sohn. Aber vielleicht war es ja auch bei ihm Liebe auf dem ersten Blick und ich tat ihm unrecht.

Olivia und ich lernten uns auf einer furchtbar langweiligen Party kennen. Da wir beide aus einem sehr wohlhabenden Elternhaus kamen, wussten wir, was sich gehörte und zeigten trotzdem unser bestes Benehmen. Irgenwann stellte mein Vater mich ihrem Vater, seinem Geschäftspartner, vor.

Olivias Vater fragte mich dann, ob ich nicht mit seiner Tochter tanzen wollte, da sie sich langweilen würde. Es war Liebe auf den ersten Blick oder auf den ersten Tanz, wie man es nimmt. Ihr Lächeln, ihre warme Art und alles, was sie sagte, verzauberte mich sofort. Am liebsten hätte ich sie schon am ersten Abend mit zu mir genommen. Jedoch hätten ihre altmodischen Eltern das niemals zugelassen.

Trotzdem wurde ganz schnell ein Paar aus uns und unsere Hochzeit war der Höhepunkt der High Society von New York. Uns war dieser ganze gesellschaftliche Rummel allerdings völlig egal. Natürlich war das Geld auf dem Konto angenehm, aber uns war es wichtiger, selbstständig zu sein und so arbeiteten wir beide in der Klinik. Ich als Arzt in der Facharztausbildung und Olivia im Stiftungsrat, denn ihre Familie hatte dieses Krankenhaus mitgegründet, und war schon immer dort sehr aktiv. Wir wünschten uns eine große Familie und so wurde Sebastian auch schon kurz vor unserem ersten Hochzeitstag geboren. Wir platzten bald vor Stolz auf unseren Stammhalter.

Er sah fast aus, wie eine Miniausgabe von Olivia mit seinen strahlend grünen Augen. Leider neigten nicht nur wir, sondern auch alle anderen Menschen um uns herum dazu, ihn furchtbar zu verwöhnen und daran änderte sich auch nichts, als Elizabeth, unsere kleine Prinzessin, zwei Jahre später geboren wurde. Elizabeth kam, vom Aussehen her, eher nach mir. Sie war blond und auch ein bildhübsches Kind, aber neben der selbstbewussten Ausstrahlung ihres Bruders, verblasste sie ein wenig, wirkte eher schüchtern und in sich gekehrt.

Wir liebten unsere Kinder sehr und waren unheimlich stolz auf sie. Sebastian war immer ein Mamakind, am liebsten folgte er ihr von morgens bis abends überall hin und wollte ihr bei allen Sachen helfen. Olivia hatte ihre Tätigkeit im Krankenhaus aufgegeben und richtete nun ab und zu für Bekannte Zimmer ein. Sie war eine unglaublich talentierte Innenarchitektin, allerdings waren ihr die Kinder wichtiger, als die Arbeit.

Als Elizabeth drei Jahre alt war und Sebastian gerade sechs, wünschten wir uns ein weiteres Kind, doch es wollte einfach nicht klappen. Sebastian war gerade in die Schule gekommen und wir fühlten uns bereit für ein drittes Kind, aber jeden Monat wurden wir wieder enttäuscht. Als Olivia sich gründlich untersuchen ließ, kam dann die Schocknachricht. Gebärmutterhalskrebs. Olivia wurde operiert und bekam hinterher eine Chemotherapie, statt eines dritten Kindes.

Ich musste ehrlich zugeben, dass ich die Kinder mit der Zeit vernachlässigt hatte. Meine Arbeit und Olivias Krankheit hatten mein ganzes Denken in Anspruch genommen und während Elizabeth bei Olivias Eltern war, war Sebastian von morgens bis abends in der Schule oder beim Personal. Elizabeth sah ich zumindest oft im Krankenhaus, da Olivias Eltern täglich bei ihrer Tochter zu Besuch waren, aber Sebastian sah ich an manchen Tagen gar nicht und wenn doch, dann meistens nur kurz.

In der Schule war er bald der Liebling aller Lehrer und auch bei seinen Mitschülern sehr beliebt. Er war nicht nur sehr intelligent, sondern wickelte mit seinem Charme alle um den kleinen Finger. Auch wenn er eine Menge Mist gebaut hatte, keiner konnte ihm lange böse sein. Im Gegenteil, oft wurde über seine Streiche gelacht. Doch so beliebt er war, einen besten Freund hatte er dort nicht.

Allerdings kam auch niemand wirklich an ihn heran. Olivia verfiel nach der Behandlung in eine Depression und als es nach zwei endlosen Jahren endlich wieder besser wurde, war zwar ihr Leben gerettet, aber unser kleiner anschmiegsamer Sohn war uns fremd geworden. Trotz seiner großen Beliebtheit war er meistens lieber alleine. Die Einzige, die ihm wirklich noch nah kam, war Elizabeth.

Schon in der Highschool hatte er ständig wechselnde Freundinnen. Trotz allem hatte er immer noch sehr gute Noten und war auch bei sämtlichen Lehrern sehr beliebt. Die Einzige, die ihm öfter den Kopf wusch, war seine kleine Schwester, die es unmöglich fand, wie er einige der Mädchen abservierte. Wir hatten in der Beziehung, wie auch sonst, schon lange allen Einfluss auf ihn verloren. Sebastian wechselte seine Freundinnen teilweise täglich, aber die Mädchen liebten ihn trotzdem. Olivia und ich redeten uns immer ein, dass er zwar etwas ausschweifend lebte, aber doch sein Herz am rechten Fleck säße.

Als er aufs College kam, konnte er gar nicht schnell genug in eine eigene Wohnung ziehen und wir sahen ihn kaum noch. Irgendwann kam er dann doch endlich wieder, allerdings um uns zu beichten, dass er Vater war. Er hatte es uns wirklich bis nach der Geburt verheimlicht und für Olivia und mich stürzte eine Welt zusammen, war er uns wirklich völlig entglitten?

Wir fragten uns, warum er nicht vorher zu uns gekommen war. Außerdem wollten wir unser Enkelkind kennenlernen, aber bis er zwei Jahre alt war, konnten wir die Treffen mit ihm an einer Hand abzählen. Die Mutter des Jungen sahen wir gar nicht, wenn, brachte Sebastian uns den Kleinen ab und zu mal vorbei. Wir wussten aber, dass er sich selten um den Jungen kümmerte und eigentlich nur zahlte.

Wie wenig er sich wirklich kümmerte, erfuhren wir jedoch erst, als wir Alex zu einer Familienfeier selber bei seiner Mutter abholen wollten und die uns völlig zugedröhnt die Tür geöffnet hatte. Sebastian war seit Wochen nicht dort gewesen und hatte gar nicht bemerkt, wie abgemagert und verwahrlost der arme Kleine gewesen war.

Olivia brach in Tränen aus, als sie ihn sah. Wir nahmen den Jungen sofort mit und regelten alles, damit er nicht zu seiner Mutter zurück musste. Sie hatte ein ernsthaftes

Alkoholproblem und schob das auf Alexander. Er hätte ihr Leben zerstört und all ihre Pläne vereitelt, teilte sie uns mit. Aus Mitleid zahlten wir ihr einen Entzug und sie stand ihn sogar durch. Alex lebte in dieser Zeit bei uns. Sebastian kam zum ersten Mal, seit er ausgezogen war, um aufs College zu gehen, wieder regelmäßig zu Besuch. Jedes Mal brachte er seinem Sohn ein Geschenk mit. Das war wohl seine Art, ihm Liebe zu schenken. Aber obwohl wir ihm mehr als einmal mitteilten, dass das nicht reichte, änderte sich Sebastian nicht.

Ganz selten nahm er den Jungen auch mal mit, um etwas mit ihm zu unternehmen. Auf solche Tage fieberte Alexander immer hin, leider sagte Sebastian oft kurzfristig ab und der Kleine war dann immer richtig deprimiert. Elizabeth, die während ihres Studiums zu Hause wohnen geblieben war, kümmerte sich täglich um ihn und machte ihrem Bruder ständig Vorwürfe, weil er sich lieber mit Frauen amüsierte, statt sich um seinen Sohn zu kümmern. Sie liebte den Jungen sehr und ertrug es nicht, dass Sebastian ihn mit seiner Art so oft verletzte. Lizzy war viel mehr Alexanders Mutter, als Sebastian jemals eine Vaterfigur für ihn war.

Mittlerweile war Alex schon sieben Jahre alt und lebte noch immer bei uns. Obwohl er in Lizzy und Olivia gleich zwei Ersatzmütter hatte und auch ich mich viel um ihn kümmerte, gierte er nach jeder Sekunde Aufmerksamkeit seines Vaters. Die Geschenke, mit denen Sebastian ihn noch immer überhäufte, waren ihm völlig egal, aber wenn Sebastian etwas mit ihm machte, dann war Alexanders Glück perfekt.

Sebastian war leider immer noch alles andere wichtiger, als sein Sohn. Seine Freundinnen wechselte er noch immer ständig und damit hatte er sich erst kürzlich in Schwierigkeiten gebracht. Nicole, eine seiner Exfreundinnen, war schwanger geworden und behauptete steif und fest, dass Sebastian der Vater war. Er stritt es ab und bestand auf einen Vaterschaftstest, als das Baby auf der Welt war.

Ich weiß nicht, wer erleichterter war, als das Ergebnis bestätigte, dass Sebastian nicht der Vater war, er oder wir. Diese Nicole war eine Goldgräberin und hatte es sowieso nur auf Sebastians Geld abgesehen. Meine Eltern hatten ihm einige Millionen hinterlassen und seit seinem einundzwanzigsten Geburtstag hatte er darauf vollen Zugriff. Er ging zwar nicht damit hausieren, wie viel Geld er hatte, aber alleine seine Wohnung und sein Auto zeigten, dass er eine gute Partie war.

Dass wir etwas gegen Sebastians Frauengeschichten hatten, war ihm immer völlig egal gewesen. Doch nachdem Nicole einen Aufstand im Krankenhaus gemacht hatte, schaltete sich der Stiftungsrat ein. Sie hatte behauptet, dass das Krankenhaus den Test gefälscht habe und das konnten sie nicht auf sich beruhen lassen.

Eigentlich wollten sie Sebastian sofort kündigen, obwohl er ein sehr guter Arzt war. Jedoch machten wir all unseren Einfluss auf das Krankenhaus geltend, um das zu verhindern. Sie stimmten zu, unter der Bedingung, dass es keine Gerüchte mehr über Frauen in seinem Leben geben würde. Er sollte am besten bald heiraten oder wenigstens eine feste Partnerin haben. Außerdem wurde er beurlaubt und auf eine Vortragsreise geschickt für einige Wochen, damit Gras über die Angelegenheit wachsen konnte.

Los Angeles war die letzte Station seiner Reise und eigentlich hätte er schon zurück sein sollen, doch dann hatte er erst seinen Urlaub aus persönlichen Gründen verlängert und dann wollte er plötzlich eine Patientin zu uns in die Klinik verlegen lassen. Als dann heute die Papiere bei uns eintrafen, dass die Mutter der Patientin nun das alleinige medizinische Sorgerecht hatte, läuteten bei mir die Alarmglocken.

Warum setzte Sebastian sich so für das Mädchen ein? Hatte er ein Interesse an der Mutter oder nutzte er etwa ihre Situation aus? Ich beschloss, den von ihm in die Wege geleiteten Transport des Mädchens zu begleiten, um mir persönlich ein Bild der Situation zu machen.

Die Grübelei hatte mich müde gemacht. Ich gähnte und schloss die Augen, bis Seattle war es noch ein ganzes Stück und ich schlief lieber noch etwas vor der Landung. Schließlich war ich schon um vier Uhr in der Früh im Krankenhaus gewesen. Notfälle hielten sich leider selten an Sprechzeiten.

Irgendwann weckte mich eine Flugbegleiterin, weil ich mich anschnallen musste. Ich hatte tief und traumlos geschlafen. Am Flughafen nahm ich mir ein Taxi zum Hotel, in dem mir eine Krankenhaussekretärin schon ein Zimmer für diese Nacht reserviert hatte und checkte ein. Kurz überlegte ich, ob ich Sebastian anrufen sollte, dass ich hier war, entschied mich aber dagegen.

Später bummelte ich etwas durch LA, da ich im Flugzeug geschlafen hatte, war ich nun topfit. Ich beschloss spontan, etwas essen zu gehen und suchte mir ein nettes kleines Restaurant aus, an dem ich vorbei kam. Irgendwie musste ich einen sechsten Sinn gehabt haben, denn ich entdeckte Sebastian mit einer jungen Frau an einem der Tische.

»Wo werde ich ...«, sagte die junge Frau gerade, als ich an den Tisch trat. Als sie mich sah, verstummte sie und sah mich aufmerksam an.

»Hallo Sebastian«, begrüßte ich meinen erstaunten Sohn.

»Hallo, Dad. Was machst du denn hier?«, fragte Sebastian und stand auf, um mich begrüßen. »Darf ich dir Madison Stark vorstellen? Madison, das ist mein Vater, Doktor William Baker.« Wir gaben uns kurz die Hand und begrüßten uns. Madison Stark also, die Mutter der kleinen Patientin. Ich hatte mir ja schon so etwas gedacht.

»Ich bin hier, um dich morgen beim Transport der kleinen Patientin nach New York zu unterstützen. Eigentlich dachte ich ja, dass wir uns erst morgen Früh im Krankenhaus treffen würden. Ich nehme an, dass Sie die Mutter sind, Mrs. Stark?« Aufmerksam sah ich sie an.

»Ja, ich bin Paulas Mutter, Dr. Baker«, stimmte sie mir schüchtern zu.

»Nennen Sie mich doch William, sonst kommt es in unserer Familie leicht zu Verwechslungen«, forderte ich sie auf, ich wollte die Situation gern etwas auflockern.

»Dann nennen Sie mich doch bitte Maddie.« Sie war sehr höflich. Das gefiel mehr sehr.

Während wir aßen, beobachte ich Maddie genau. Scheinbar war ihr die Situation unangenehm, denn sie stocherte nur in ihrem Essen herum und beteiligte sich wenig an der Unterhaltung, die Sebastian und ich führten.

»Was machen Sie beruflich?«, fragte ich sie, um sie etwas mehr in das Gespräch einzubeziehen. »Als alleinerziehende Mutter ist es bestimmt nicht einfach, Beruf und Familienleben zu vereinbaren.« Hilflos blickte sie zu Sebastian, als wisse sie nicht, was sie mir antworten sollte. Der Blick ließ darauf schließen, dass er sie schon besser kannte.

»Mein ›Noch-Ehemann‹ und ich hatten zusammen eine kleine Werbeagentur, Paula wurde meistens von ihren Großmüttern betreut, wenn ich im Büro war und sonst konnte ich auch viel von zu Hause aus machen«, erklärte sie mir schüchtern.

»Oh das stelle ich mir auch schwierig vor. Mit dem Expartner zusammen zu arbeiten.« Wie lange sie wohl schon getrennt waren?

»In Zukunft ist das ja vorbei und ich muss mir etwas Neues suchen, sobald es Paula besser geht«, erklärte sie seufzend, scheinbar war ihr das Thema unangenehm.

»Warum denn das?«, fragte ich und sie blickte erneut hilflos zu Sebastian. Auch Sebastian seufzte und nickte ihr zu, die beiden mussten schon ziemlich vertraut miteinander sein. So wie sie sich wortlos verständigten.

»Die Firma gehört ihm nach der Scheidung alleine, dafür übernimmt er die Schulden, die bisher für Paulas Behandlung aufgelaufen sind«, erklärte sie und rutschte unruhig auf ihrem Stuhl hin und her.

Ich ließ das Thema auf sich beruhen, denn ich wollte sie nicht verschrecken, allerdings fragte ich mich, wo sie das Geld für die Behandlung in New York hernehmen wollte, wenn sie jetzt schon Schulden hatte? Vor allem da kein Antrag auf einen Zuschuss beim Stiftungsrat vorlag. Wahrscheinlich hatte mein Sohn etwas damit zu tun.

Ich fragte mich entsetzt, ob er ihre Notlage ausnutzte, um Gutwetter in der Klinik zu machen. Sollte sie die von ihnen verlangte Freundin spielen? Ich hoffte es nicht, aber es fiel mir schwer zu glauben, dass Sebastian ihr aus reiner Nächstenliebe half.

Madison verabschiedete sich bald darauf und ich wollte sie zu ihrer Pension begleiten, doch sie lehnte es ab. Zum Abschied umarmte Sebastian sie und gab ihr einen Kuss auf die Wange, der sie rot anlaufen ließ. Diese schüchterne junge Dame war völlig anders, als Sebastians ständig wechselnde Freundinnen.

Sebastian und ich gingen noch etwas trinken und er erzählte mir, dass er sich in sie verliebt hätte, aber alles noch zu frisch wäre. Allerdings würde sie bei ihm im Gästezimmer wohnen. Daran konnte ich nun wirklich nicht glauben. Zu frisch gab es bei Sebastian sonst auch nie und Maddie war eine erwachsene Frau.

Später telefonierte ich noch kurz mit Olivia und schilderte ihr meine Eindrücke von der Situation. Sie beschloss, uns am nächsten Tag am Flughafen abzuholen, um Maddie auch kennen zu lernen. Außerdem wollte sie für Samstag ein Familienessen planen. Ich war gespannt, wie es mit Sebastian und Madison weiter gehen würde. Ob sie wohl ein besserer Elternteil war, als Sebastian?

Sebastian - Nachdem Paula aus dem Koma erwacht ist

Die Tür schlug hinter Maddie zu. Wieder einmal hatten wir uns gestritten. Warum musste sie auch gleich nach dem Sex loslaufen, um wieder ins Krankenhaus zu fahren? Klar, Paula wartete auf sie, aber ein paar Minuten Zeit hätte sie doch noch mit mir verbringen können. Aber nein, kaum waren wir aus der Badewanne gestiegen, eilte sie schon davon, um sich anzuziehen, weil sie ins Krankenhaus musste. Warum verstand sie nicht, dass ich auch gerne etwas Zeit allein mit ihr verbracht hätte?

Ich genoss ihre Nähe viel zu sehr und wie sollte ich sie noch genießen, wenn ab morgen Alex und Paula bei uns leben würden? Blieb dann überhaupt noch Zeit und Ruhe für Sex? Okay, Alexander würde erst einmal nur über das Wochenende kommen, aber ob er damit zufrieden sein würde? Vor allem, wenn Paula ganz bei uns leben würde und ihn vor den Kopf stoßen, wollte ich auch nicht. In letzter Zeit hatte sich vieles geändert. Ich hatte mich geändert und daran war nur Maddie schuld. Mein Sohn war mir wichtig und dieses Gefühl wurde immer stärker, auch wenn ich ihm das wahrscheinlich viel zu selten zeigte. Aber ich gab mir wirklich die größte Mühe und wollte ihn keinesfalls verletzen. Zumindest war das jetzt so. Bevor Maddie in mein Leben getreten war, hatte ich mir über seine Gefühle viel zu selten Gedanken gemacht.

Sie veränderte mich, scheinbar sogar, ohne es zu wollen. Dabei war das eigentlich das, was bisher alle Frauen versucht hatten. Jede hatte versucht, einen neuen Menschen aus mir zu machen. Maddie tat das nicht, sie akzeptierte mich, wie ich war, allerdings sah sie auch nicht ein, sich für mich zu ändern. Für sie stand eindeutig Paula an erster Stelle und wenn dann noch Zeit war, dann kam ich dran. Natürlich sollte das eigentlich auch so sein, zumal wir ja nicht wirklich ein Paar waren. Leider. Ich wollte ihr auch wichtig sein.

Das war ich einfach nicht gewöhnt. Jede Frau war immer gesprungen, wenn ich es wollte und nun musste ich auf einmal akzeptieren, dass zuerst die Kinder kamen und danach ich. Natürlich müsste ich eigentlich froh sein. Maddie war die unkomplizierteste Frau, die ich jemals kennengelernt hatte. Sie klammerte nicht, wie so viele andere Frauen, aber sie war auch so furchtbar unabhängig von mir, wenn man vom Geld für Paulas Behandlung einmal absah und sonst wollte sie nichts von mir. Sie nahm ungern Geld von mir und wenn ich es ihr aufdrängte, gab sie das meiste für irgendwelche Einkäufe für den Haushalt aus. Das hatte ich vorher auch noch nie erlebt. Andere Frauen forderten immer mehr und sie wollte nur das Nötigste annehmen.

Wahrscheinlich war sie so, weil sie halt nicht wirklich eine Beziehung mit mir wollte, sondern nur wegen Paula mit mir zusammen war. Manchmal hatte ich ja ein schlechtes Gewissen, sie so auszunutzen, aber das verdrängte ich immer schnell wieder. Schließlich hatte sie sich freiwillig darauf eingelassen.

Deshalb verstand ich auch nicht, warum sie Paula gegenüber so lange nichts von der Trennung ihres Vaters gesagt hatte. Liebte sie diesen John etwa immer noch? Wollte sie zurück zu ihm, auch wenn sie jetzt geschieden waren?

Vielleicht war das Ganze auch nur eine abgekartete Sache, damit ich brav weiter zahlen würde und dann würde sie mich verlassen und zu ihm zurückgehen. Das war ja auch ihr gutes Recht, sie liebte mich nicht. Außer meiner Familie hatte mich schließlich noch nie jemand um meiner selbst Willen geliebt. Entweder war es der Name Baker oder mein Geld, was die Leute an mir interessierte.

Maddie waren das Geld und der Name völlig egal. Außer meiner Mutter hatte noch nie eine Frau für mich gekocht. Sie hatten immer erwartet, von mir in teure Restaurants ausgeführt zu werden. In der Wohnung wurde man ja nicht gesehen und sehen und gesehen werden, war für New Yorker immer ganz wichtig.

Wenn ich ehrlich war, genoss ich Maddies natürliche Art. Ein abgebrochener Fingernagel war für sie kein Drama, der einen sofortigen Besuch bei der Naildesignerin nötig machte, sondern einfach nur ein abgebrochener Fingernagel. Sie hatte kein Problem damit, sich auch mal die Hände schmutzig zu machen.

Und auch wenn sie keine Designerklamotten trug und sich kaum schminkte, war sie irgendwie doch schön. Natürlich nicht so wie die Models, mit denen ich zusammen gewesen war, aber dafür auf eine erfrischend natürliche Art. Nichts an ihr war künstlich oder aufgesetzt.

Wahrscheinlich faszinierte sie mich deshalb so. Denn ich musste mir eingestehen, dass diese Frau mir nicht mehr aus dem Kopf ging. Wenn ich mein Herz nicht schon vor langer Zeit ganz fest verschlossen hätte, könnte ich mich vielleicht sogar in sie ver...

Aber nein, nie wieder würde ich mein Herz für eine Frau öffnen. Alexanders Mutter hatte ich ehrlich geliebt und ich hatte alles für sie getan, aber kurz nachdem sie erfahren hatte, dass sie schwanger war und es für eine Abtreibung zu spät war, hatte sie sich von mir getrennt und mich dafür verantwortlich gemacht, dass ich ihr Leben zerstört hatte. Sie brach mir das Herz mit ihren gemeinen Worten.

Sie hatte mir immer wieder ganz eindeutig klar gemacht, dass ich zahlen und sie ansonsten in Ruhe lassen solle. Ich wäre ein furchtbarer Freund gewesen und als Vater würde ich sowieso nichts taugen. Und irgendwie hatte sie ja auch Recht. Ehe Maddie kam, hatte ich es nie geschafft, eine Beziehung zu Alexander aufzubauen. Seit sie da war, ging es plötzlich und ich merkte in letzter Zeit, was für ein toller Junge mein Sohn eigentlich war.

Allerdings fürchtete ich mich schon jetzt vor dem Tag, an dem Maddie gehen würde. Alex hing an ihr und auch an Paula. Ob wir es ohne die Beiden schaffen würden, unsere Beziehung weiter zu festigen? Alexander wurde ja immer älter und seit kurzem hatte sich die Idee in meinem Kopf fest gesetzt, dass er bald vielleicht ganz bei mir leben könnte.

Seit Maddie und Elizabeth sich ausgesprochen hatten, sah ich ihn täglich und wenn ich ehrlich war, wollte ich darauf auch nicht mehr verzichten. Am liebsten hätte ich ja heute schon eine neue Kinderzimmereinrichtung für ihn bestellt, aber Maddie hatte natürlich auch dabei wieder Recht. Alexander war alt genug, um einen eigenen Geschmack zu haben, und wenn ich wollte, dass er sich in dem Zimmer wohler fühlte, als in seinem jetzigen Zimmer, dann sollte er auch ein Mitspracherecht bei der Einrichtung haben.

Vielleicht würde es ja sogar Spaß machen, mit ihm und Maddie zusammen einkaufen zu gehen. Sie würde ab Montag ja tagsüber viel Freizeit haben, solange Paula in der Reha war. Dort konnte sie nicht ständig bei ihr sein, da die Kleine erst einmal den ganzen Tag Therapien hätte und es nur eine Mittagspause von zwei Stunden gab, die Paula aber sicherlich zum Essen und Schlafen brauchte, denn die Maßnahmen waren anstrengend, vor allem für so ein kleines Kind.

Ich hatte darauf gedrängt, dass sie in das Rehazentrum kam, dass unserer Klinik angeschlossen war. Das war zwar nicht speziell auf Kinder ausgelegt, wie andere, aber sie behandelten dort alle Altersstufen und so konnte Paula ambulant betreut werden und musste nicht in eine fremde Umgebung. Maddie hätte wahrscheinlich einer stationären Rehamaßnahme sowieso nicht zugestimmt, wenn sie nicht mit aufgenommen wäre.

Und das kam überhaupt nicht in Frage! Ich hätte es zwar trotzdem bezahlt, warum auch nicht, schließlich hatte ich mehr als genug Geld, aber ich wollte mir gar nicht vorstellen, wie es wäre, Maddie nicht mehr zu sehen. Ich wollte gar nicht daran denken, wie es sein würde, wenn ihre Tochter gesund wäre und die beiden New York für immer verlassen würden.

Manchmal träumte ich sogar davon, dass die Beiden für immer bei mir bleiben könnten, sie war die erste Frau, bei der ich es mir vorstellen konnte, mit ihr zusammen zu wohnen. Aber ich war mir sicher, dass das für Maddie nicht in Frage käme. Vielleicht, wenn unsere Beziehung anders angefangen hätte, aber so würde daraus niemals etwas werden.

Sie verdiente einen Mann, der sie aufrichtig liebte und den sie liebte. Schnell versuchte ich, diesen Gedanken loszuwerden. Warum tat es nur so weh, wenn ich mir Maddie mit einem anderen Mann vorstellte? Das war doch das, worauf es irgendwann zwangsläufig hinaus laufen würde. Eine so tolle Frau wie sie, würde nicht ewig alleine bleiben.

Um nicht länger über sie nachzudenken, beschloss ich, mich mal wieder richtig auszupowern, und machte mich auf den Weg ins Fitnessstudio. Nach einigen Kilometern auf dem Ergometer und vier Durchgängen Krafttraining war ich dann auch zu erschöpft, um noch lange nachzudenken. Ich fuhr nach dem Duschen direkt nach Hause und ließ mich dort ins Bett fallen.

In der Nacht träumte ich von einem Urlaub am Meer, allerdings war ich nicht wie sonst in meinen Träumen, in Begleitung von ein paar Bikinischönheiten, sondern sah Alexander, Paula und Maddie beim Toben am Strand zu. In meinem Traum war Paula völlig gesund und flitzte unheimlich schnell durch die Gegend. Irgendwann kam Maddie zu mir und küsste mich zärtlich.

»Danke, ohne dich würde sie noch immer im Koma liegen«, flüsterte sie mir zu und lächelte dabei glücklich. »Das kann ich nie wieder gut machen.«

Als mein Telefon mich morgens um vier Uhr aus dem Schlaf riss, war sie gerade dabei gewesen, mir ihre Dankbarkeit zu zeigen, sodass ich völlig irritiert war.

»Baker!«, knurrte ich ins Telefon und erschreckte damit eine kleine Schwesternschülerin wohl zu Tode. Ärzte nachts aus dem Schlaf reißen, um sie zur Arbeit zu rufen, musste ein unangenehmer Job sein.

Zwölf Stunden später hatte ich meinen Dienst endlich beendet und machte mich mit den Entlassungspapieren auf den Weg zu Paulas Zimmer. Vor dem Klinikeingang wartete schon ein Rollstuhltaxi auf uns. Durch das lange Liegen waren ihre Muskeln immer noch sehr schwach, aber kurze Zeit im Rollstuhl sitzen konnte sie schon.

Zum Glück waren Kinderrollstühle nicht so breit und so würde ihrer problemlos durch alle Türen meiner Wohnung passen. Als ich Paulas Zimmer betrat, warteten dort nicht nur Maddie und Paula, sondern auch noch Elizabeth und Alex auf mich.

»Was ist denn hier los?«, fragte ich lachend. »Feiert ihr eine Party ohne mich?« Paula nickte heftig mit ihrem Stoppelkopf, den Verband war sie schon los und neben den Narben wuchsen die Haare wieder, auch wenn sie im Moment noch sehr kurz waren.

»Paty!«, bestätigte sie.

»Party mit R«, verbesserte Alexander sie sofort. Die Kleine sprach manche Wörter noch falsch aus.

Ich wedelte mit den Papieren.

»Na, dann lasst uns zu Hause weiter feiern. Kommst du mit, Lizzy?«, fragte ich meine Schwester. Doch sie verneinte zum Glück, da sie nur Alex hierher gebracht hatte und verabschiedete sich von uns. Sie musste noch einmal in ihr Büro.

Also verließen wir zu viert das Krankenhaus. Maddie schob mit einer Hand Paulas Rollstuhl und strahlte über das ganze Gesicht. Ihre andere Hand hielt Alexander, dessen zweite Hand wiederum ich hielt. Dabei hüpfte er fröhlich zwischen uns auf und ab. Nun würde ein neuer Abschnitt in meinem Leben beginnen. Zumindest für einige Monate hatte ich sozusagen Frau und Kind, beziehungsweise Kinder bei mir.

Sebastian auf seinem Lehrgang

Müde lag ich auf dem Bett in meinem Hotelzimmer. Tag drei hatte ich schon geschafft und so groß die Ehre auch war, dass ich hier sein durfte, sehnte ich mich nach meinem Zuhause. Wie gern würde ich jetzt mit Maddie und den Kindern auf dem Sofa lümmeln oder ihnen einfach beim Spielen oder Malen zusehen. Eigentlich war es kaum zu glauben, wie ich mich in den letzten Wochen verändert hatte.

Aus dem Frauenhelden Sebastian Baker war beinahe ein biederer Familienvater geworden. Und an allem war nur Maddie schuld. Zum ersten Mal in meinem Leben war ich wirklich verliebt. Durch Maddie sah ich, wie sich eine wirkliche Mutter verhielt. Dadurch wurde mir erst so richtig klar, dass meine Gefühle für Alexanders Erzeugerin, denn Mutter wollte ich sie nun nicht mehr nennen, nur aus jugendlicher Verliebtheit resultiert hatten.

Allerdings fiel es mir schwer, meine Gefühle auszusprechen, aus Angst, dass Maddie sie nicht erwidern würde, sondern wirklich nur wegen unserer Abmachung mit mir zusammen war. Nach dem Galadinner und dem tollen Sex danach, hatte ich es gewagt und hatte es ausgesprochen. Leider war sie wohl schon vorher eingeschlafen, oder sie hatte meine Worte absichtlich ignoriert. Das hatte mich so frustriert, dass ich die ganze Nacht kein Auge zugetan hatte und am Morgen schon ganz früh auf den Beinen gewesen war.

Dann kam der Anruf, dass ich hier einspringen durfte und die Vorbereitungen waren wirklich stressig gewesen. Innerhalb kürzester Zeit musste ich mich in die Papiere meines Kollegen einarbeiten und das Angebot, dass Schwester Vivianne, die mich auch hierher begleitet hatte, mir am Wochenende alles genau erklären würde, konnte ich nur ablehnen. Ich konnte diese Frau einfach nicht leiden, vor allem nicht, seit sie so abfällig über meinen Sohn gesprochen hatte.

Aber Dr. Gerandy hatte nun einmal mit ihr zusammen alles vorbereitet und nur, weil er erkrankt war, sah sie gar nicht ein, sich diese Chance entgehen zu lassen. Lauter junge Ärzte, die sie noch nicht kannte, da musste sie doch hin. Ich hatte sowieso schon lange das Gefühl, dass es ihr einziges Ziel war, sich einen Arzt zu angeln. Vor Maddie hatte ich mir genau solche Frauen gesucht, meinen Spaß mit ihnen gehabt und sie dann abserviert. Aber jetzt nervten sie mich nur noch. Die Lust auf hirnlose Gespräche und schnellen Sex ohne Gefühle war mir vergangen. Okay, Sex hätte ich schon gern öfter, zumal Maddie echt heiß war, aber mit den Kindern war das oft nicht so einfach, Zeit dafür zu finden.

Trotzdem wollte ich mein altes Leben nicht zurück, dafür genoss ich auch meine neue Beziehung zu Alexander viel zu sehr. Nie hätte ich gedacht, dass ich ihm doch ein ganz passabler Vater sein konnte. Und auch Paula liebte ich schon fast wie mein eigenes Kind. Maddies Exmann hatte seine Vaterrolle ja einfach hingeworfen, doch zum Glück vermisste Paula ihn kaum. Sie war noch in einem Alter, in dem sie ihn leicht vergessen konnte, zumal sie nun nach der Erkrankung so vieles neu zu lernen hatte, dass sie damit restlos ausgelastet war.

Mit den Gedanken an Maddie und die Kinder schlief ich ein und träumte von einem Familienurlaub in der Südsee. Paula war wieder völlig gesund und wir tollten alle zusammen durchs Wasser und ich brachte den Kindern das Schwimmen bei, als plötzlich Alarm gegeben wurde. Feuer? Jetzt und hier? Völlig desorientiert wachte ich auf und erst als es ruhig war, wurde mir klar, dass es kein Alarm, sondern mein Handyklingeln gewesen war, das mich geweckt hatte.

Ein Blick auf das Display zeigte mir, dass es ein Anruf von Maddie war. Schnell rief ich zurück.

»Hi«, meldete sie sich leise. Ihre Stimme fuhr mir direkt in mein bestes Stück. Das passierte mir jedes Mal, wenn wir telefonierten. Ihre Telefonstimme war einfach Sex pur und mit Telefonsex könnte sie reich werden. Das sagte ich ihr natürlich lieber nicht.

»Habe ich dich geweckt?«, fragte sie besorgt.

»Ja, aber das ist auch besser so. Ich bin mit Klamotten auf dem Bett eingeschlafen, der Tag war echt lang. Aber ich freue mich, dass du dich meldest.« Sie sollte kein schlechtes Gewissen haben. Ich freute mich viel zu sehr, ihre Stimme zu hören, als dass es mich gestört hätte. Deshalb bat ich sie, mir von ihrem Tag zu erzählen.

Seit Maddie mir am Montagabend von Viviannes Auftritt erzählt hatte, machte ich mir Sorgen, dass diese ihr wieder auflauern und ihr irgendwelchen Mist erzählen könnte, den Maddie gegen mich aufbringen könnte. Doch Maddie erzählte nur von den Kindern und vor allem von Paulas Fortschritten und von Alexanders Eins im Mathetest. Ich hätte ja lieber über ganz andere Sachen gesprochen, über uns zum Beispiel, aber am Telefon war das einfach nicht richtig. Ich wollte ihr Gesicht sehen, wenn ich die drei Worte sagen würde. Und so lauschte ich einfach ihrer wundervollen Stimme.

Dann fragte sie nach meinem Tag und ich erzählte ihr, wie viel Spaß mir die Vorträge gemacht hatten. Dass Vivianne mir den ganzen Tag tierisch auf die Nerven gegangen war, ließ ich lieber unerwähnt. Was sollte Maddie sich über diese unmögliche Frau ärgern, die mir ständig eindeutig zweideutige Angebote machte?

Viel zu schnell gähnte sie und wünschte mir eine gute Nacht. Ich hätte noch ewig mit ihr weiter telefonieren können, nur um ihre Stimme zu hören. Aber Maddie brauchte ihren Schlaf, also verabschiedeten wir uns für heute und ich wünschte ihr eine gute Nacht.

»Ich liebe dich«, flüsterte ich, als das Freizeichen ertönte. Vielleicht konnte ich es ihr ins Gesicht sagen, wenn ich es nur oft genug vorher üben würde? Seufzend richtete ich mich schließlich auf und ging ins Bad, um mich auszuziehen, ehe ich weiter in meinen Klamotten schlief.

Die Nacht war viel zu kurz und ich war hundemüde, als der Wecker am Morgen klingelte. Schnell sprang ich unter die Dusche, um wach zu werden. Dafür, dass ich es mit erwachsenen Ärzten zu tun hatte, waren die Kursteilnehmer teilweise wirklich unmöglich. Einige benahmen sich wie Kinder in der Schule und wenn ich nicht streng genug war, hörten sie mir nicht zu, sondern redeten ständig dazwischen. Und einige der anwesenden Ärztinnen und Krankenschwestern flirteten mich auch einfach offen an.

Also liefen die nächsten vier Tage immer nach dem gleichen Muster ab. Aufstehen, duschen, Vorträge halten, mir Frauen vom Leib halten, in den Pausen etwas essen und mir dabei Frauen vom Leib halten und abends Vorbereitungen für den nächsten Tag treffen, mit Maddie telefonieren und einschlafen. Die täglichen Telefonate mit ihr waren das absolute Highlight meiner Tage. Ich fieberte den ganzen Tag darauf hin, während ich neue Operationsmethoden erklärte und über die optimale Zusammenarbeit von Ärzten und Schwestern erzählte. So groß die Ehre auch war, ich würde froh sein, wenn ich wieder zu Hause im Krankenhaus wäre und operieren konnte.

Am Abend ging ich noch mit drei älteren Kollegen essen, die mich schon länger kannten.

»Sebastian, Sie haben sich sehr zu ihrem Vorteil verändert, seit unserem letzten Treffen. Wer ist sie?«, fragte mich einer der Kollegen augenzwinkernd. Lachend erzählte ich ihm von Maddie.

»Ja ja, die Liebe. Sie verändert die Männer ganz schön. Bevor ich meine Frau kennengelernt habe, hatte ich auch ziemliche Flausen im Kopf«, erklärte Doktor Miller, ein Arzt aus Vegas. Früher hätte ich über seine Sprüche nur gelacht, aber jetzt musste ich doch zugeben, wie sehr eine Frau alles zum Positiven verändern konnte.

Früh verabschiedete ich mich mit der Erklärung, dass ich mit meiner Freundin telefonieren wollte. Alle drei hatten Verständnis dafür und sahen mir lächelnd nach. Eigentlich war es ja albern, wie sie sich darüber freuten und früher hätte ich mich darüber wahrscheinlich lustig gemacht, aber jetzt freute ich mich sogar über ihre Anteilnahme. Es tat einfach gut, über Maddie zu sprechen. Niemals hätte ich gedacht, dass mir eine Frau einmal so fehlen würde und auch die Kinder vermisste ich.

Als ich in meinem Zimmer ankam, erwartete mich dort eine böse Überraschung. Erst dachte ich, ich hätte mich im Zimmer geirrt, verließ das Zimmer wieder und schlug erschrocken die Tür zu. Aber ein Blick auf die Zimmernummer zeigte mir, dass ich hier völlig richtig war. Aber die nackte Frau, die sich auf meinem Bett drapiert hatte, war hier nicht richtig. Genau genommen war sie nicht völlig nackt, aber die Reizwäsche, die sie trug, überließ auch nichts der Fantasie.

Wie kam sie nur in mein Zimmer? Erneut öffnete ich die Tür und trat nun ein, ohne sie anzusehen.

»Sebastian, ich habe auf dich gewartet«, hauchte sie mit einer Stimme, die wohl verführerisch sein sollte.

»Was wollen Sie hier, Schwester Vivianne?«

»Ich will dir die Nacht deines Lebens schenken«, versprach sie mir und sah mich dabei lüstern an. Ich schüttelte entsetzt meinen Kopf. Das konnte sie doch nicht ernst meinen.

»Komm her, Tiger. Lass uns Spaß haben«, setzte sie noch einen oben drauf, während ich noch immer sprachlos in der Tür stand. Die Frau tickte doch nicht richtig!

»Raus!«, brüllte ich los. »Und wagen Sie es nie wieder, in mein Zimmer zu kommen! Wie sind Sie überhaupt hier hereingekommen?« Ich war völlig überfordert mit der Situation und zu allem Überfluss begann nun auch noch mein Telefon zu klingeln.

»Ach Basti, nun stell dich doch nicht so an. Ich habe mir an der Rezeption den Zweitschlüssel besorgt.« Sie grinste mich tatsächlich dümmlich an. Ich sprintete ins

Zimmer, schnappte mein Handy und verließ den Raum wieder. Mit dieser Frau zu diskutieren schien gar keinen Sinn zu machen und deshalb würde ich mich an der Rezeption beschweren, aber vorher musste ich noch kurz mit Maddie telefonieren und ihr erklären, warum ich jetzt nicht reden konnte. Doch die hatte es mittlerweile wohl aufgegeben und eigentlich wollte ich das jetzt auch nicht auf dem Flur besprechen, wo mir jeder zuhören konnte. Ich war hin und her gerissen, was ich zuerst tun sollte, entschied mich dann aber, zuerst mein Zimmer räumen zu lassen und ging zur Rezeption. Maddie konnte ich hinterher ja alles erklären.

Es dauerte eine Ewigkeit, bis ich endlich wieder in mein leeres Zimmer gehen konnte. Wutentbrannt schloss ich die Zimmertür von innen ab. Endlich war ich allein, denn bis vor einigen Minuten glich mein Zimmer noch einem Taubenschlag. So viele Menschen waren ein und aus gegangen. Zwei Hotelangestellte hatten mich auf meine Beschwerde hin begleitet und Vivianne aus meinem Zimmer entfernt. Der Hotelchef persönlich war gekommen und hatte sich mehrmals bei mir entschuldigt. Er konnte sich gar nicht erklären, wie das hatte passieren können. Das Zimmermädchen, das Vivianne in mein Zimmer gelassen hatte, war ihren Job nun los. Wirklich bedauern konnte ich sie nicht, denn sie konnte ja nicht einfach Gäste in andere Zimmer hinein lassen. Genauso gut hätte sie ja auch eine Diebin sein können, die mich ausrauben wollte.

Ich telefonierte zuerst mit dem Krankenhaus in New York und bestand darauf, dass Schwester Vivianne unverzüglich abreisen musste, da es unmöglich für mich war, weiterhin mit ihr zusammen zu arbeiten. Da es schon abends war, war das gar nicht so einfach zu klären, alle Zuständigen hatten schon lange Feierabend. Aber schließlich schaffte ich es doch, dass sie zurückbeordert wurde und ich den Rest der Seminare allein geben konnte. Eine Vertretung für sie konnte die Dame aus der Personalabteilung mir nicht schicken, aber das war mir auch egal. Dann hatte ich halt etwas mehr Arbeit. Die Hauptsache war, dass ich diese Frau los war. Endlich war auch dieses Gespräch beendet.

Völlig erschöpft ließ ich mich nun aufs Bett zurückfallen, das eines der Zimmermädchen noch frisch bezogen hatte und wählte Maddies Nummer. Ich musste jetzt endlich ihre Stimme hören und erfahren, wie der Tag Zuhause verlaufen war. Von Vivianne wollte ich ihr lieber nichts erzählen, um sie nicht unnötig aufzuregen. Die Sache war ja jetzt erledigt und ich wollte auch gar nicht mehr darüber sprechen. In New York würde ich mich damit nach meiner Heimreise noch genug befassen müssen.

Nach dem vierten Klingeln nahm Maddie endlich ab.

»Stark?«, gähnte sie in den Hörer.

»Hallo, Maddie. Ich hoffe, dass ich dich nicht geweckt habe. Es ist etwas später geworden heute.«

»Doch, ich war gerade eingeschlafen«, antwortete Maddie, immer noch gähnend. »Können wir morgen telefonieren? Ich bin völlig fertig.« Enttäuscht verabschiedete ich mich von ihr und legte auf. So hatte ich mir unser Gespräch eigentlich nicht vorgestellt.

Ich schlief sehr schlecht in dieser Nacht und war am Morgen wie gerädert. Außerdem musste ich noch Viviannes Aufgabe übernehmen und Kopien für die Seminarteilnehmer erstellen. Mein Frühstück fiel daher ins

Wasser und ich trank nur einen Kaffee, während ich neben dem Kopierer stand.

Irgendwie stand der ganze Tag unter keinem guten Stern. Einige Teilnehmer des Seminars waren am Abend wohl noch aus gewesen und hatten dabei zu tief ins Glas geschaut. Jedenfalls war den ganzen Tag nichts mit ihnen anzufangen gewesen. Eine Frau stellte ständig Zwischenfragen, die ich schon längst beantwortet hatte, oder die absolut nichts mit dem Thema zu tun hatten ... Ich fragte mich ernsthaft, wie ich das die restlichen Tage noch aushalten sollte. Das Einzige, was mich aufrecht hielt, war der Gedanke, dass ich Maddie bald anrufen konnte.

Doch als es endlich soweit war, hatte sie Besuch von Landon und meiner Schwester und so sprachen wir nur ganz kurz miteinander. Sie erzählte kurz von den Kindern und fragte, ob irgendetwas Besonderes bei mir vorgefallen wäre. Da ich sie nicht mit meinen Problemen belasten wollte, verneinte ich es und behauptete sogar, dass alles gut liefe.

Die zweite Nacht in Folge schlief ich schlecht und das, obwohl ich am Abend, nach dem Gespräch mit Maddie, noch die Kopien angefertigt hatte und so morgens keinen Stress zu erwarten hatte. Die Tage zogen langsam dahin und entwickelten eine Routine, die mir gar nicht gefiel. Das Seminar lief nun zwar wieder normal und ich hatte sogar jemanden gefunden, der die Kopien für mich machte, aber ich fühlte genau, dass irgendetwas nicht stimmte, allerdings konnte ich nicht sagen, was es war. Ich hatte das Gefühl, irgendetwas würde sich zusammenbrauen und ich konnte mich nicht einmal darauf vorbereiten.

Auch die Telefonate mit Maddie entwickelten eine Dynamik, die mir nicht wirklich gefiel. Meistens fragte sie zuerst, wie mein Tag war und hörte dann nur zu, ohne viel zu sagen und wenn ich dann fragte, wie es bei ihr gelaufen war, erzählte sie kurz von den Kindern und verabschiedete sich dann meistens ziemlich schnell wieder, weil sie müde war. Ich fragte mich ständig, was mit ihr los war. Mit den Kindern konnte es nichts zu tun haben, sie erzählte immer, was für tolle Fortschritte Paula machte und wie lieb Alexander war. Aber was war es sonst? In mir wuchs langsam die Angst, dass Maddie jemanden kennengelernt haben könnte und deshalb so komisch war. Die Eifersucht kochte in mir hoch, wenn ich mir vorstellte, wie sie einen anderen vielleicht küssen würde.

Endlich waren die zwei Wochen um. Mein letztes Seminar zog sich wie Kaugummi und ich wollte einfach nur noch nach Hause und das so schnell wie möglich. Allerdings stand mir noch ein gemütlicher Abschlussabend bevor, auf den ich so gar keine Lust hatte. Aber dieser Abend gehörte mit zum offiziellen Programm und daher blieb mir nichts anderes übrig, als daran teilzunehmen.

Der Abend war ein einziger Albtraum. Obwohl ich schon die ganzen zwei Wochen immer wieder klar erklärt hatte, dass ich kein Interesse daran hatte, etwas mit einer der anwesenden Damen anzufangen, machten sie wohl einen Wettbewerb daraus, wer mich abschleppen würde. Mein ›altes Ich‹ hätte hier wahrscheinlich seinen Spaß gehabt, aber so war ich nicht mehr. Maddie hatte mich für sämtliche andere Frauen verdorben und ich wollte nur noch zu ihr und den Kindern nach Hause.

»Sebastian«, flötete gerade wieder eine Ärztin, deren Namen ich nicht einmal wusste. »Wollen Sie sich nicht zu uns setzen?« Ich seufzte tief, am liebsten hätte ich laut »Nein!« gesagt, aber ich musste diesen Abend irgendwie überstehen. Zum Glück saßen an dem Tisch außer der Ärztin nur eine andere Frau und fünf Männer.

Die Sieben schienen alle zusammen zu gehören und erzählten dann auch gleich, dass sie alle gemeinsam studiert hatten und sich seitdem so oft wie möglich auf Seminaren trafen.

»Wir planen in einigen Jahren, gemeinsam eine private Klinik mit angeschlossener Rehaklinik zu eröffnen. Nichts Riesiges wie in den Großstätten, sondern eher etwas Familiäres auf dem Land. Eine ruhige Umgebung, viel Natur drum herum und gute Ärzte, die den persönlichen Kontakt zu den Patienten halten. Außerdem soll es ein Haus geben, in dem Angehörige ganz oder wenn sie zu Besuch kommen, wohnen können ...« Einer der Ärzte redete ohne Unterlass von seinen Plänen.

Früher hätte mich so etwas absolut nicht interessiert, aber jetzt hörte ich sehr aufmerksam zu. Maddie war kein Stadtmensch und ich glaubte nicht, dass sie dauerhaft in New York heimisch werden könnte und auch für Alexander, Paula und vielleicht weitere Kinder wäre es auf dem Land viel schöner. Als ich dann noch hörte, wo diese Klinik entstehen sollte, war ich sofort Feuer und Flamme. Der Ort, von dem sie sprachen, lag in Kalifornien und war gar nicht weit von Aptos entfernt.

Nun wurde der Abend doch noch interessant für mich, denn ich ließ mir alle Pläne ganz genau erklären und war immer begeisterter von der ganzen Idee. Ben hatte ein großes Grundstück geerbt, auf dem die Klinik entstehen sollte. Er zeigte mir einige Fotos und Pläne, die er dabei hatte. Die Reharäume waren eigentlich sogar schon in der, auf dem Grundstück stehenden Villa vorhanden. Dort waren nur geringe Umbaumaßnahmen nötig. Sogar ein Schwimmbad gab es, was für die Therapien genutzt werden könnte.

Das einzig Schwierige an der Sache konnte meiner Meinung nach die Finanzierung werden. Alle sieben hatten zwar Geld angelegt, um den Traum zu verwirklichen, aber eine Klinik mit sieben Chefs war eine heikle Angelegenheit. Das sah wohl auch Ben so.

»Was uns fehlt, ist ein Investor, der sich finanziell beteiligt und alle Entscheidungen mit absegnen muss. Ich will nicht, dass irgendwann unsere Freundschaft an Alltagskram der Klinik zerbricht«, erklärte er.

In mir reifte ein Plan, den ich aber noch nicht mit den Sieben besprechen wollte. Also erklärte ich nur, dass ich mich einmal umhören wollte, und tauschte mit ihnen Kontaktdaten aus. Das Geld wäre für mich kein Problem, aber erst einmal wollte ich bei Maddie vorsichtig nachhaken, was sie von der Idee halten würde, in ihre Heimat zurückzugehen.

Für Alexander wäre es wahrscheinlich hart, weil er von seinen Großeltern und Elizabeth weg müsste. Deshalb müsste ich mir völlig sicher sein, dass Maddie meine Gefühle erwiderte und mit mir ein neues Leben beginnen wollte, ehe ich etwas in die Wege leiten könnte. Das Krankenhaus in New York zu verlassen würde mir dagegen gar nicht schwerfallen. Dort wäre ich wohl sowieso ewig nur Sebastian Baker, der Sohn von William Baker. Meine eigene Leistung zählte für viele dort wenig und meinen Ruf hatte ich mir sehr erfolgreich durch meine Weibergeschichten kaputt gemacht.

Vor allem seit Viviannes Auftritt in der Klinik, würden viele Ärzte mich lieber von hinten als von vorne sehen. Eine neue Aufgabe, an der ich ohne Vorgeschichte zeigen könnte, was in mir steckte, reizte mich sehr. Und in einer kleinen Privatklinik war man auch viel dichter am Patienten dran, als in so einem riesigen Komplex, wie dem in New York. Allerdings müsste man auch dort eine Stiftung gründen, sodass auch mittellose Patienten die Chance auf eine gute Behandlung hätten. Die Idee ließ mich gar nicht mehr los und auch, nachdem ich mich auf mein Zimmer zurückgezogen und kurz mit Maddie telefoniert hatte, lag ich im Bett und träumte von dieser Klinik. Sie könnte unsere Zukunft werden.

Sebastian - Am Morgen nach der Heimkehr vom Seminar

Mein Kopf dröhnte beim Erwachen, als würde ihn jemand mit einem Vorschlaghammer bearbeiten. Stöhnend stand ich auf und schleppte mich ins Bad. Ich musste unbedingt den fürchterlichen Geschmack aus meinem Mund bekommen und etwas gegen die Kopfschmerzen nehmen. Schließlich musste ich heute im Krankenhaus noch einiges wegen Vivianne klären. Das hatte ich zwar gestern schon versucht, war aber gescheitert. Meine Beschwerde über sie war einfach nicht ernst genommen worden.

Die Personalchefin, bei der ich gestern gewesen war, meinte doch glatt, dass ich meine Frauengeschichten gefälligst selbst lösen und das Krankenhaus da heraus halten sollte. Sonst war niemand im Haus gewesen, der mir weiter helfen konnte. Aber ich würde nicht aufgeben, es konnte doch nicht sein, dass Vivianne ungestraft damit durchkommen konnte.

Gestern Abend wollte ich dann eigentlich endlich mit Maddie über meine Gefühle sprechen, nachdem die Kinder im Bett waren, aber da waren dann Lizzy und Landon überraschend vorbei gekommen, um uns etwas Wichtiges mitzuteilen. Die Beiden wollten tatsächlich schon zusammenziehen und noch dazu war meine Schwester schwanger. Auf den Schreck hin musste ich erst einmal einen Whiskey trinken. Aus einem wurden dann mehrere, Landon und Maddie tranken auch mit und es wurde doch noch ein richtig gemütlicher Abend. Das Baby war zwar nicht geplant, aber beide freuten sich trotzdem riesig darauf. Irgendwie beneidete ich sie darum. Als Alexander unterwegs war, hatte ich eigentlich nur negative Gefühle gehabt deswegen. Bei ihnen war es zwar auch ein Unfall, aber trotzdem gingen sie ganz anders damit um. Ich fragte mich, wie ich heute reagieren würde, falls Maddie ungeplant schwanger werden sollte. Der Gedanke hatte irgendwie etwas Positives. Aber sie war auch eine richtig gute Mutter, ganz im Gegensatz zu Charlotte. Bei ihr müsste ich keine Angst haben, dass sie in der Schwangerschaft trinken oder das Kind nach der Geburt vernachlässigen würde.

Irgendwann waren wir alle, bis auf Lizzy natürlich, mehr als reichlich angeheitert gewesen und ich hatte Maddie eine schwülstige Liebeserklärung gemacht, auf die sie mit einem Lachanfall reagiert hatte. Ich hoffte nur, dass das am Alkohol gelegen hatte und nicht an der Liebeserklärung an sich. So wirklich sicher war ich mir da heute Morgen auch nicht mehr, gestern Abend hatte ich einfach mit gelacht. Kurz danach hatte ich Lizzy und Landon unser Gästezimmer/Büro angeboten und sie hatten es gern für die Nacht angenommen, denn als ich aus dem Badezimmer kam, klingelte der Wecker und Maddie wachte laut stöhnend auf. Mir ging es schon etwas besser, denn ich hatte zuerst eine Kopfschmerztablette genommen, ehe ich unter die Dusche gehüpft war.

»Guten Morgen«, flüsterte ich. Aber statt einer Antwort, sprang Maddie aus dem Bett und lief ins Bad, wo sie sich lautstark übergeben musste. Scheinbar ging es ihr noch schlechter, als mir nach dem Aufwachen.

Ich ging kurz in die Küche, füllte ihr ein Glas mit Orangensaft und stellte es ihr auf den Nachtschrank. Daneben legte ich noch eine Kopfschmerztablette, die würde sie sicherlich brauchen können.

»Ich kümmere mich um die Kinder«, rief ich ihr noch zu und schlüpfte dann in eine Jogginghose und ein T-Shirt. Im Gästezimmer war noch alles ruhig, also schlich ich zuerst zu Alexander, um ihn zu wecken. Danach weckte ich Paula und half ihr, sich fertig zu machen. Seit sie keine Windel mehr brauchte, war das kein Problem für mich.

Wenig später wollte ich gerade Paula ins Wohnzimmer schieben, als das Telefon klingelte, das mir Besuch anzeigte. Wer konnte das denn so früh schon sein? Der Pförtner meldete mir, dass ein Besucher zu Maddie wollte. Den Namen hatte sie schon einmal erwähnt, er musste ein guter Freund von ihr sein, aber gestern hatte sie noch mit keinem Wort erwähnt, dass er heute kommen wollte. Trotzdem gab ich die Erlaubnis, ihn herauf zu lassen. Ich wusste nicht so recht, was ich von diesem Besuch halten sollte. Eigentlich hatte ich gehofft, mich mit Maddie aussprechen zu können, ehe er ankommen würde, aber dank Landons und Elizabeths Überraschungsbesuch gestern, war es einfach nicht dazu gekommen. Vor Publikum konnte ich solche Gespräche nicht führen und außerdem würde es in einer Katastrophe enden, wenn meine Schwester von unserer ursprünglichen Abmachung erfahren würde.

Ich hatte gar nicht bemerkt, dass ich grübelnd an der offenen Wohnungstür stehen geblieben war, bis mich ein großer, muskulöser Indianer aus meinen Gedanken riss.

»Hey, ich bin Andy, ein Freund von Maddie aus Aptos«, begrüßte er mich breit grinsend. »Du musst

Maddies Doktor sein. Ich war schon sehr gespannt, dich endlich kennenzulernen. Maddie hat mir schon viel von dir erzählt.« Das konnte ich von ihm gerade nicht behaupten.

»Sebastian«, stellte ich mich kurz vor und ich kam gar nicht einmal dazu, ihn herein zu bitten. Als wäre er ständig hier zu Gast, betrat er einfach meine Wohnung und begrüßte Paula stürmisch, wobei er sie fast aus dem Rollstuhl riss und sie wild im Kreis herumwirbelte. Dann setzte er sie vorsichtig wieder hin und strahlte sie an.

»Gut siehst du aus, Prinzessin. Bald machen wir wieder Wettrennen am Strand, wenn du mich besuchst.«

Alexander stand in seiner Zimmertür und beobachtete die ganze Szene kritisch. In seinem Gesicht konnte ich das lesen, was ich selbst auch fühlte, aber hoffentlich besser verstecken konnte. Er traute diesem Mann nicht und hatte Angst, dass er uns Maddie und Paula wegnehmen könnte. Schnell ging ich zu ihm und drückte beruhigend seine Hand.

»Komm, Sportsfreund. Wir machen Frühstück für alle. Landon und Lizzy schlafen auch noch im Gästezimmer.«

Andy freute sich lautstark darüber, dass er so ja Landon heute schon wiedersehen konnte und folgte uns einfach. Ich wusste nicht, was ich von ihm halten sollte. Einerseits erschien er mir als Gefahr für meine Beziehung mit Maddie, aber andererseits war er so nett und unkompliziert, dass man ihn eigentlich gern haben musste. Während ich noch damit beschäftigt war die Kaffeemaschine zu füttern, packte er Mitbringsel für die Kinder aus. Dass er sogar an Alex gedacht hatte, machte ihn mir sympathisch, dabei wollte ich ihn doch gar nicht mögen.

Und vor allem wollte ich ihn nicht mit Maddie alleine lassen. Doch wenn ich diese lästige Sache im Krankenhaus klären wollte, würde mir gar nichts anderes übrig bleiben. Aber vielleicht hatte ich ja Glück und er würde nach dem Frühstück abhauen, um diese Motorradmesse zu besuchen. Abends wäre ich auf jeden Fall wieder da.

Zwanzig Minuten später saßen wir zu siebt am Frühstückstisch. Maddie, Landon und Lizzy waren mittlerweile auch fertig und Maddie schien es auch schon viel besser zu gehen als nach dem Aufwachen. Landon merkte man natürlich nichts von der abendlichen Trinkerei an, dabei hatte er noch viel mehr als ich getrunken.

»Maddie, so wie gestern habe ich dich lange nicht gesehen«, neckte Landon sie.

»Oh, was habt ihr gemacht?« Andy sah neugierig von einem zum anderen.

»Wir haben es richtig krachen lassen. Ganz wie in alten Highschoolzeiten«, antwortete Landon grinsend.

»Und verträgst du jetzt mehr, Maddie?«, neckte Andy sie und blickte dann mich an. »Du musst wissen, Sebastian, dass Maddie sich früher am nächsten Morgen immer an nichts erinnern konnte. Selbst wenn es nur ein paar Gläser Sekt waren. Eine Zeit lang hat sie sich deshalb geweigert überhaupt etwas zu trinken.«

Nun fing Landon lautstark an zu lachen.

»War das nicht, nachdem du ihr weiß gemacht hast, sie hätte betrunken etwas mit Nick Scherman gehabt?«, fragte er nach. Maddie sprang auf und funkelte beide an.

»Reicht es jetzt? Ich möchte euch nicht vor den Kindern sagen, was ich von eurem albernen Gerede halte, aber wenn ihr euch jetzt nicht benehmt, werfe ich euch raus!« Sie schien wirklich angesäuert zu sein. Der Blick, den sie den beiden zuwarf, sah wirklich tödlich aus. Da war ich richtig froh, dass er nicht mich traf. Diese Geschichte musste ihr unheimlich peinlich sein.

»Also erinnerst du dich an gestern?«, fragte Elizabeth nach. Ich konnte mir auch vorstellen, warum sie es tat, denn sie hatte ja gestern nichts getrunken, und wollte wahrscheinlich wissen, ob Maddie sich noch an meine Liebeserklärung erinnerte. Maddie druckste erst herum, musste dann aber zugeben, dass sie sich nicht mehr an alles erinnern konnte. Seufzend nahm ich es zur Kenntnis und bat meine Schwester und Landon stumm, ihr nichts zu verraten.

Ich wollte unbedingt selbst mit ihr darüber sprechen. Jedoch erst, wenn ich die Sache mit Vivianne im Krankenhaus geregelt hatte und ihr dann auch davon erzählen konnte. Sie sollte endlich alles wissen, damit nichts mehr zwischen uns stand. Ich war so in Gedanken versunken, dass ich gar nicht mitbekam, was sonst noch so am Tisch besprochen wurde.

»Was habt ihr heute eigentlich vor?«, fragte Andy und ich spitzte wieder die Ohren. »Vielleicht wollt ihr ja mal mit auf die Messe? Landon, Maddie? Ihr seid doch früher auch so gern gefahren. Ihr könnt natürlich auch gerne mitkommen, Lizzy und Sebastian.« Maddie schüttete gleich den Kopf, was mich sehr freute.

»Ich glaube nicht, dass das mit dem Rollstuhl eine gute Idee wäre. Auf solchen Messen ist es doch immer sehr voll und gerade am Samstag wird das Gedränge dort groß sein.«

Ich lehnte auch ab, mit der Begründung, dass ich noch ins Krankenhaus müsse und wollte mich schon entspannt zurücklehnen, als Lizzy plötzlich vorschlug, dass Landon und sie die Kinder nehmen könnten, damit Maddie doch mitgehen könnte.

»Einen freien Tag hast du mehr als verdient, Maddie. Und ihr habt so die Gelegenheit, über alte Zeiten zu sprechen. Wir schaffen das schon mit den Rackern.« Musste Landon sie auch noch ermutigen?
»Ich weiß nicht«, meinte Maddie und sah von einem zum andern. »Lust hätte ich ja schon, aber ...« Doch Andy unterbrach sie.
»Ach komm schon, Maddie! Das wird wieder wie in alten Zeiten, nur du und ich«, lockte er sie und schließlich stimmte sie lächelnd zu. Ich kochte vor Eifersucht. Was hieß das, dass es wie in alten Zeiten wäre? Hatten die Beiden vielleicht mal etwas miteinander gehabt und wollten das nun aufleben lassen? Ich beschloss, auch zu dieser Messe zu fahren, wenn ich im Krankenhaus fertig wäre. Vielleicht konnte ich die Beiden ja unauffällig beobachten.

Sebastian - Maddies Abreise nach Aptos

Die letzten vier Wochen waren für mich die Hölle auf Erden gewesen. Gerade hatte ich mich dazu entschlossen, Maddie von meinen Gefühlen zu erzählen, als dieser Andy zu Besuch gekommen war. Das Bild wie die Beiden sich im Flur meiner Wohnung verabschiedeten, er Maddie im Arm hielt und sie dabei zärtlich aufs Haar küsste, hatte sich tief in mein Gedächtnis eingebrannt. Ein Zungenkuss hätte nicht intimer sein können. Ich ärgerte mich noch jetzt, dass ich Andy nicht gleich eine reingehauen hatte, anstatt zu warten, bis er weg war, ehe ich Maddie zur Rede gestellt hatte.

Auf ihre Ausreden hatte ich allerdings dann doch verzichtet. Ich hatte mir das einfach nicht auch noch antun können an diesem Tag. Eigentlich war ich ja nur ins Krankenhaus gefahren, um die Sache mit Schwester Vivianne zu klären, doch das, was dabei herauskam, hatte ich nun wirklich nicht erwartet. Man hatte mich einfach wegen sexueller Belästigung suspendiert. Vivianne hatte die ganze Geschichte völlig verdreht und nun stand ich als der Böse da. Mein Vorschlag, doch in dem Hotel nachzufragen, wie das mit dem Rausschmiss aus meinem Zimmer gewesen sei, wurde einfach abgelehnt. Der Aufsichtsrat war der Ansicht, dass ich sie erst freiwillig in mein Zimmer gelassen hätte, um sie dann mit dem Rausschmiss zu blamieren.

Egal welches Argument ich brachte, sie hatten etwas dagegen zu setzen. Mittlerweile waren auch mein Vater und Lizzy in die ganze Sache involviert, scheinbar legte das Krankenhaus es darauf an, alle Bakers loszuwerden. Das Ganze war mittlerweile eher ein Kampf geworden, wer den größten Einfluss im Krankenhaus hatte. Die Wahrheit interessierte da nicht mehr wirklich. Wir hatten uns schon von Landon beraten lassen, was wir nun tun sollten. Keiner von uns war auf das Geld angewiesen. Im Gegenteil, wir hatten die Klinik immer wieder mit großzügigen Spenden unterstützt und das war nun der Dank dafür?

Gestern Abend hatten wir lange zusammen gesessen und überlegt, was wir jetzt tun sollten. Das Betriebsklima war kaputt, selbst wenn ich nun wieder würde anfangen dürfen, wäre es nicht mehr dasselbe. Das Vertrauensverhältnis war endgültig zerstört. Deshalb hatten William, Elizabeth und ich gestern mit Landons Hilfe unsere Kündigungen geschrieben und per Einschreiben ins Krankenhaus geschickt. Besonders meinem Vater war das nicht leicht gefallen, für ihn war die Klinik immer wie ein Teil der Familie gewesen und nun verlor er wegen irgendwelchen Machtspielchen diesen Teil seiner Existenz.

Ich war fast froh, dass es gerade so viel gab, um das ich mich kümmern musste, so hatte ich weniger Zeit über Maddie und Andy nachzudenken. Lizzy versuchte immer wieder, mit mir über Maddie zu sprechen, aber ich weigerte mich, auch nur ein Wort darüber zu verlieren, auch wenn ich immer merkte, wie Alexander die Ohren spitze, wenn es um sie ging. Für ihn war das Ganze fast noch am schlimmsten. Er vermisste Maddie und auch Paula schrecklich und litt im Moment furchtbar unter Verlustängsten. Er hielt sich möglichst immer in meiner direkten Nähe auf und war selten dazu zu bekommen, allein irgendetwas zu tun. Fast schien es, als erwartete er, dass ich auch einfach wieder verschwinden würde. Als könnte ich ihm das antun. Nie wieder würde ich meinen Sohn vernachlässigen.

Wir wohnten im Moment bei meinen Eltern im Haus, weil ich es in meiner Wohnung nicht mehr aushielt. Alles dort würde mich an Maddie und ihren Verrat erinnern und den wollte ich doch einfach nur vergessen. Natürlich gelang mir das nicht, auch wenn ich jedes Gespräch über sie abblockte. Ich träumte jede Nacht von ihr und wie sie in Andys Armen lag und ihn küsste. Niemals hätte ich zulassen dürfen, dass sie diesen Kerl mit in meine Wohnung brachte und ich Trottel hatte ihn auch noch sympathisch gefunden. Aber ich hatte ja auch Maddie vertraut, das zeigte wohl, dass es mit meiner Menschenkenntnis nicht weit her war.

Es war Zeit, Essen zu gehen und so erhob ich mich seufzend aus dem Sessel in meinem Zimmer, in dem ich die ganze Zeit grübelnd gesessen hatte. Ich wusch mir die Hände und ging dann los, um Alex zu suchen. Es war fast schon ein Wunder, dass ich ihn schon seit über zwei Stunden nicht gesehen hatte. Wahrscheinlich war er bei Elizabeth, die gerade dabei war, ihre restlichen Sachen zu packen, die sie mit in Landons Wohnung nehmen wollte. Allzu viel war es nicht mehr, was sie einpacken musste. Ihre Möbel würde sie hier lassen und die meisten ihrer persönlichen Sachen hatte sie schon im Laufe der letzten Wochen nach und nach mitgenommen. Für Alex war ihr geplanter Auszug eine Katastrophe, obwohl Lizzy ihm immer wieder versicherte, er könne sie jederzeit besuchen.

»Elizabeth?«, fragte ich, nachdem ich an ihre Tür geklopft hatte. »Ist Alexander bei dir?« Erschrocken sah Lizzy mich an.

»Ich dachte, er wäre bei dir. Mom und ich haben ihn vorhin weggeschickt, weil wir etwas besprechen mussten und nicht wollten, dass er mithört. Da hatte er gesagt, dass er dich suchen will und seitdem habe ich ihn nicht mehr gesehen. War er denn nicht bei dir?«

»Wann war das?«, fragte ich nach. Lizzy überlegte kurz, ehe sie antwortete.

»Vor fast zwei Stunden.« Nun war ich wirklich beunruhigt. Wo konnte der Junge nur sein? Lizzy und ich suchten das ganze Haus ab, unsere Eltern schlossen sich uns an, aber von Alex war keine Spur zu finden. Er war weder im Haus, das wir vom Keller bis zum Dachboden zweimal durchsuchten, noch im Garten. Er schien wirklich wie vom Erdboden verschluckt zu sein.

Mein Herz wurde immer schwerer, fast schien es, als hätte sich ein eiserner Ring um meine Brust gelegt und zog sich immer weiter zu, je länger wir vergeblich suchten. Olivia telefonierte alle Schulkameraden Alexanders ab, während mein Vater und ich die Straße nach Alexander absuchten und Lizzy ein drittes Mal das Haus durchforsteten. Aber das Ergebnis blieb dasselbe. Mittlerweile war Alex seit fast drei Stunden von niemandem mehr gesehen worden.

»Ich rufe jetzt die Polizei an!«, erklärte ich niedergeschlagen, als uns wirklich keine Möglichkeit mehr einfiel, wo er sein könnte. Das tat ich dann auch und während wir darauf warteten, dass ein Beamter vorbei kam, fragte ich Lizzy noch einmal, was genau gewesen war, als sie ihn weggeschickt hatte.

»Ich habe ihn nur gebeten, uns etwas allein zu lassen, da wir ein Erwachsenengespräch führen wollten«, erklärte Lizzy schulterzuckend. »Er ist dann auch gleich brav gegangen.« Plötzlich kam mir ein Gedankenblitz, was könnte er gehört haben, wenn er heimlich gelauscht hätte? Könnte das der Grund für sein Verschwinden sein?

»Lizzy, worüber habt ihr geredet, nachdem Alexander weg war?« Lizzy warf Mom einen fragenden Blick zu und sofort war mir klar, dass ich es eigentlich gar nicht wissen wollte. »Maddie?!«, flüsterte ich eigentlich nur zu mir selbst, aber Lizzy bestätigte es sofort.

Auch wenn ich es eigentlich gar nicht wissen wollte, blieb mir nichts anderes übrig als nachzufragen, worüber sie geredet hatten.

»Eigentlich wollte ich nur mit Mom besprechen, ob ich mit Landon zur Hochzeit fliegen kann, wegen der Schwangerschaft und so ...«, erklärte Lizzy ruhig und mich traf fast der Schlag. Hochzeit? Wollten Maddie und Andy etwa heiraten? So schnell schon nach unserer Trennung?

»Sebastian!«, schrie Lizzy mich plötzlich an. Ich hatte gar nicht mehr zugehört, was sie gesagt hatte. Viel zu sehr war ich in meinen Gedanken versunken gewesen.

»Sebastian, ich werde zu der Hochzeit fliegen!«, erklärte Elizabeth mir und traf mich damit bis ins Herz. »Landon und Andy sind seit vielen Jahren Freunde und ich möchte ihn und seine Vanessa besser kennenlernen. Und ja, ich werde dort auch Maddie treffen, denn auch sie ist eine gute Freundin von Landon.«

»Wer ist Vanessa?«, fragte ich verwirrt nach.

»Na Andys Verlobte, was dachtest du denn?« Böse sah sie mich an. Seine Verlobte? Er hatte gar nichts mit Maddie?

»Ich ... ich dachte ... er und Maddie ...«, stotterte ich mir zurecht.

»Tja, wenn du uns mal zugehört hättest, wüsstest du, dass Andy eine Verlobte hat, aber du wolltest ja kein Wort über ihn und Maddie hören. Deine Meinung stand ja felsenfest.« Elizabeth war jetzt wirklich wütend und das, wie ich zugeben musste, wohl zu Recht. Ich würde mich darum kümmern müssen, aber erst, wenn wir Alex gefunden hatten. Mein Sohn hatte jetzt oberste Priorität.

Ich fragte mich, ob das Gespräch über Maddie etwas mit seinem Verschwinden zu tun haben könnte? Aber so wie Lizzy es erzählt hatte, schien es doch keinen Grund für sein Weglaufen geliefert zu haben. Endlich klingelte es und Mom ließ zwei Polizisten herein. Wir erzählten ihnen alles, was sie wissen sollten.

»Haben Sie vielleicht noch zwei oder drei aktuelle Fotos für uns?«, fragte der eine Polizist, und meine Mutter reichte mir einen Kasten, in der sie Fotos aufbewahrte, damit ich die richtigen Bilder finden konnte. Sie hatte einen Fotodrucker und druckte alle Fotos immer gleich aus, da sie lieber Papierfotos hatte, als nur digitale Aufnahmen. Schnell hatte ich zwei gute, sehr aktuelle Fotos gefunden. Das eine Foto war aufgenommen worden, als ich in Los Angeles war und zeigte einen über das ganze Gesicht strahlenden Alex, der in meiner Küche stand und Gemüse schnitt. Das zweite Bild war erst zwei Tage alt, Alexander saß auf der Schaukel im Garten und hatte einen sehr melancholischen Blick. Ein weiteres Foto fiel mir in die Hände und ein dicker Kloß bildete sich in meinem Hals. Schnell steckte ich es weg, weil ich es nicht ertragen konnte, es anzusehen. Das Foto war, einen Tag bevor ich von meiner Reise nach Los Angeles erfahren hatte, von Alex gemacht worden. Auf dem Bild stand ich hinter Maddie auf dem Balkon, meine Arme hatte ich von hinten um sie gelegt und sie hatte ihren Kopf so gedreht, dass wir uns in die Augen sahen. Auf dem Bild sahen wir so glücklich aus. Konnte es sein, dass sie da ebenso in mich verliebt gewesen war, wie ich in sie? Zunächst schob ich jedoch jeden Gedanken an Maddie weit weg, erst einmal musste ich meinen Sohn finden und dann konnte ich überlegen, wie ich diese verquere Situation regeln könnte.

»Wir werden Ihren Sohn sicher bald finden«, versprach mir der Polizist. »Die meisten Ausreißer kommen nicht weit und nach einer Entführung sieht es ja bisher nicht aus. Hat er irgendwelche Lieblingsplätze oder Personen, zu denen er gegangen sein könnte?« Ich verneinte. Alle in Frage kommenden Personen hatten wir schon angerufen. Die Einzigen, die er vermisste, waren Maddie und Paula. Doch die waren viel zu weit weg, als dass er zu ihnen kommen könnte. Dann machten die Polizisten sich auf den Weg und für uns begann die Warterei. Sie hatten uns gebeten, dass immer jemand hier wäre, um ans Telefon zu gehen, außerdem sollte jemand in meiner Wohnung warten. Zum Glück war auch Landon mittlerweile eingetroffen und er und Lizzy fuhren zu meiner Wohnung.

Zwei Stunden später tigerte ich nervös im Wohnzimmer meiner Eltern auf und ab. Bisher hatten wir noch nichts Neues gehört. Wo konnte Alex nur sein? Endlich klein.gelte mein Handy, das konnten nicht Lizzy und Landon sein, die beiden riefen extra immer auf dem

Haustelefon an, damit mein Handy für Anrufe von der Polizei frei war. Ob sie Alexander endlich gefunden hatten? Doch es war nur ein Werbeanruf, den ich schnell abwimmelte. Es kam keine neue Nachricht mehr.

In der Nacht machte ich kein Auge zu. Aber wie hätte ich auch schlafen sollen, wenn Alexander wer weiß wo war? Ich grübelte die ganze Zeit. Wo konnte er nur sein und warum war er weggelaufen? Oder war er vielleicht sogar entführt worden? Auch wenn die Polizei das nicht glaubte, da sich noch niemand gemeldet hatte und einige von seinen Sachen fehlten. Sein Rucksack, eine Jacke, sein Lieblingpulli und ein Kuscheltier, das eigentlich Paula gehörte, das er aber seit der Trennung hatte und nicht mehr hergab. Trotzdem konnte ich für mich diesen Gedanken noch nicht ganz verdrängen. Selbst wenn Alex freiwillig gegangen sein sollte, konnte er auf die falschen Menschen treffen. Schließlich war er gerade erst sieben Jahre alt. Mein Gehirn malte sich die schlimmsten Bilder aus, was ihm alles passiert sein könnte.

Wegen des Schlafmangels konnte ich die Augen kaum noch offen halten, wollte jedoch auch nicht ins Bett gehen.

»Sebastian, leg dich hin. Wir wecken dich, sowie wir etwas gehört haben. Es hat doch keinen Sinn, wenn du zusammenbrichst.« Mom meinte es gut und ich wusste, dass sie Recht hatte. Trotzdem fiel es mir schwer, mich hinzulegen, solange es keine Nachricht über Alexanders Verbleib gab. Konnte er schlafen? Und wenn ja, wo? Diese Gedanken gingen mir immer wieder durch den Kopf. Elizabeth hatte am Abend zuvor sogar Maddie angerufen und obwohl ich eigentlich absolut dagegen war, hatte ich dem Gespräch gespannt gelauscht. Da Lizzy den Lautsprecher angeschaltet hatte, konnte ich jedes Wort verstehen. Allein ihre Stimme zu hören hatte die Sehnsucht nach ihr in mir geweckt.

Sie war sehr besorgt um Alexander und bat darum, sofort informiert zu werden, wenn wir etwas Neues wussten. Aber natürlich wusste auch Maddie nicht, wo er sein könnte. Woher auch? Sie war über dreitausend Meilen weit weg. Selbst wenn er zu ihr wollte, war es unmöglich, dass er es schaffen könnte. Ein siebenjähriger Junge konnte einfach nicht allein quer über den Kontinent reisen. Allerdings war mir im Laufe der Nacht immer wieder der Gedanke gekommen, dass er es trotzdem versuchen könnte. Was ihm dabei alles zustoßen könnte, wollte ich mir gar nicht ausmalen. Natürlich gingen mir immer wieder die schlimmsten Sachen durch den Kopf. Immer wieder lief ich nervös auf und ab, als könnte ich vor den vielen Gefahren davonlaufen.

Wenn ihm etwas zustoßen würde, dann wäre ich alleine daran schuld. Ich war schuld an der Trennung, weil ich nicht zugehört hatte und Maddie einfach einer Sache beschuldigt hatte, die sie gar nicht getan hatte. Wegen mir waren die Kinder, die so sehr aneinander hingen, auseinander gerissen worden. Ich schwor mir, dass ich das irgendwie wieder gut machen würde, wenn Alexander gefunden wurde und wenn ich dafür Maddie auf Knien anflehen müsste. Wir vier gehörten einfach zusammen! Allerdings wusste ich noch nicht, wie ich ihr das beibringen sollte. Als Elizabeth sie gestern angerufen hatte, war sie zwar sehr besorgt über Alexanders Verschwinden gewesen, hatte aber nicht mit einem Wort nach mir gefragt.

Obwohl ich völlig übermüdet war, ließen meine Gedanken mich nicht zur Ruhe kommen. Mittlerweile war ich zwar ins Bett gegangen, aber ich warf mich nur unruhig hin und her und fand keinen Schlaf. Wo konnte Alex nur sein? Das fragte ich mich immer und immer wieder. Ein kleiner Junge allein in New York, sofort brach mir wieder der kalte Schweiß aus. Die Gefahren dort draußen waren riesig und ständig fiel mir etwas Neues ein, das ihm passieren konnte.

»Sebastian, die Polizei ist da. Sie wollen aber nur mit dir reden. Komm schnell herunter!« Meine Mutter war fast panisch, als sie mich weckte. Wusste sie etwas, von dem ich noch nichts wusste? Ich sprang sofort hellwach aus dem Bett und folgte ihr nach unten. Ein ganz komisches Gefühl beschlich mich und so zögerte ich kurz an der Wohnzimmertür. Dort drinnen warteten die Polizisten auf mich. War die Nachricht so schlimm, die sie überbrachten, dass sie es mir zuerst persönlich sagen wollten? Zwei uniformierte Beamte standen mit gesenkten Köpfen im Wohnzimmer, als ich es betrat. Einer räusperte sich und kam dann mit einem mitfühlenden Gesichtsausdruck auf mich zu. Alles in mir schrie danach wegzulaufen. Ich wusste eigentlich schon, dass sie keine guten Nachrichten zu überbringen hatten. Zu gut kannte ich diesen Gesichtsausdruck. Oft genug hatte ich ihn selbst gehabt, wenn ich den Angehörigen meiner Patienten die traurige Nachricht überbringen musste, dass der Patient es nicht geschafft hatte.

»Mr. Sebastian Baker?«, fragte er mich. Ich bekam keinen Ton heraus, aus Angst vor dem Kommenden und nickte nur.

»Wir müssen Ihnen leider die traurige Nachricht überbringen. Wir haben ihren Sohn gefunden, leider ist er schwer verletzt worden. Unbekannte haben ihm mit einer Eisenstange auf den Kopf geschlagen. Wir haben ihn noch ins Krankenhaus bringen wollen. Leider verstarb er auf dem Weg dorthin.«

»Nein!«, schrie ich laut. »Nein! Das kann nicht sein.« Meine Welt brach zusammen. Gerade erst hatte ich eine Beziehung zu ihm aufgebaut und versuchte, die vielen Jahre der Vernachlässigung wieder gut zu machen, und jetzt sollte er tot sein? Das konnte nicht sein! Nein, das durfte nicht sein! Tränen liefen mir über die Wangen und ich kämpfte mit mir, um nicht umzukippen.

»Alexander!«, schrie ich wieder. Alles war meine Schuld, hätte ich Maddie nicht verjagt, dann wäre er nicht weggelaufen. Wir hätten alle vier so glücklich werden können und ich hatte alles kaputt gemacht. Ich war schuld an seinem Tod!

»Nein!«, schrie ich noch einmal, öffnete meine Augen und setzte mich zitternd in meinem Bett auf. Noch immer liefen mir Tränen über das Gesicht. Mein Herz raste furchtbar und ich brauchte einige Minuten, um zu begreifen, wo ich war. Ein Traum? Konnte es wirklich nur ein Traum gewesen sein? War Alexander vielleicht gar nicht ... Schnell stand ich auf, zog mir etwas über und rannte nach unten. Dort saßen meine Eltern, Elizabeth und Landon mit bedrückten Gesichtern.

»Sebastian, du solltest doch etwas schlafen«, schalt mich meine Mutter liebevoll und sah mich dann aufmerksam an. Allerdings sagte sie zum Glück nichts zu den Tränenspuren in meinem Gesicht.

»Konnte nicht«, antwortete ich einsilbig. Keinesfalls wollte ich ihnen von meinem Traum erzählen und vielleicht noch etwas heraufbeschwören. Trotzdem schien sie zu spüren, was in mir vorging. Sie nahm mich in den

Arm und hielt mich, bis ich etwas ruhiger war. Erst dann ließ sie mich los.

»Sie werden ihn bestimmt bald finden.« Landon sah mich aufmerksam an, während er sprach. Merkte auch er, was in mir vorging? Seit meiner Trennung von Maddie und meiner Weigerung, darüber zu sprechen, ignorierte er mich meistens. Doch jetzt war er da und stand uns bei. Das musste ich ihm hoch anrechnen.

»Nun ist er schon seit zwanzig Stunden weg. Wo kann er nur sein?« Lizzy sprach aus, was uns alle beschäftigte.

Wir überlegten alle hin und her, und waren gerade dabei, noch einmal selbst eine Suchaktion zu starten, als das Telefon klingelte. Mein Traum war mir sofort wieder vor Augen und ich blieb wie erstarrt stehen. War das nun die Nachricht, dass sie Alex gefunden hatten? Möglicherweise verletzt oder gar tot? Mein Dad sah mich an und schüttelte kurz den Kopf, ehe er zum Telefon ging.

»Baker?«, meldete er sich. »Ja ... Ja ... Ja ... Wie hat er das denn geschafft ... Ein LKW? ... Ja, wir kommen so schnell es geht, aber natürlich dauert es etwas, bis wir in Bethel sind ... Ja, danke. Bis später.«

Alle lauschten ihm wie gebannt, aber so recht wurde ich aus Dads Worten nicht schlau. Bethel? Wie sollte Alexander nach Bethel gekommen sein? Das waren mindestens hundert Meilen bis dorthin. Nervös wartete ich darauf, dass mein Vater endlich den Hörer auflegte. Wäre ich doch nur selber ans Telefon gegangen, dann wüsste ich jetzt Näheres. Endlich legte er auf und drehte sich zu uns um.

»Die Polizei hat ihn in Bethel aufgegriffen. Er ist völlig gesund und wurde auf der Ladefläche eines LKW entdeckt. Er hatte sich hinter einem Palettenstapel versteckt und hat dort wohl auch die Nacht verbracht. Als der

Fahrer die Ladefläche noch einmal überprüft hatte, hat er Alexander entdeckt und die Polizei verständigt, als der Junge ihn gebeten hat, ihn nach Kalifornien zu fahren ...«
Kalifornien! Alexander wollte also wirklich nach Aptos, ich konnte es kaum fassen. Er hatte es wirklich geschafft, hundert Meilen weit in die richtige Richtung zu kommen und es war ihm nichts passiert.
»Wo ist er genau in Bethel? Ich fahre hin«, fragte ich meinen Vater. Er erklärte mir, dass sie Alex auf der Polizeiwache hatten und wie ich dorthin kommen konnte. Als ich zum Wagen lief, kam meine Mutter hinter mir her.
»Warte!«, rief sie. »Ich fahre, du bist viel zu übermüdet und baust nachher noch einen Unfall.« Dankbar nahm ich das Angebot an und stieg auf der Beifahrerseite ins Auto. Mein Plan stand fest, erst Alexander einsammeln und dann musste ich nach Aptos und mich mit Maddie aussprechen, um alles in Ordnung zwischen uns zu bringen. Dann hatte mein Sohn auch keinen Grund mehr wegzulaufen.

Hundert Meilen waren mir noch nie so lange vorgekommen, wie an diesem Tag. Nur gut, dass meine Mutter fuhr und nicht ich. In meiner Aufregung hätte ich wahrscheinlich wirklich noch einen Unfall gebaut, weil ich viel zu schnell gefahren wäre. Aber ich wollte Alex endlich wieder in die Arme nehmen und drücken, weil ihm nichts passiert war und hinterher verprügeln, weil er weggelaufen war. Das würde ich natürlich nicht wirklich tun, aber so fühlte ich mich im Moment.
»Und, was hast du jetzt vor?«, fragte meine Mutter mich. »Du weißt, warum er weggelaufen ist.« Natürlich wusste ich das. Er wollte zu Maddie, sie war die Mutter,

die er nie gehabt hatte und ich Trottel hatte sie verjagt, ohne ihr die Chance für eine Erklärung zu geben.

»Ich weiß es und ich werde versuchen, das alles wieder in Ordnung zu bringen.« Ernst sah ich sie an. »Allerdings wird das wohl nicht so einfach werden. Ich war ein Riesenidiot und ich glaube nicht, dass Maddie mir so einfach verzeihen wird. Wahrscheinlich wäre es am sinnvollsten, wenn ich erst einmal alleine nach Kalifornien fliegen würde, um in Ruhe mit ihr zu reden. Aber ich habe Angst, dass Alex dann wieder einen Versuch unternehmen könnte wegzulaufen ...«

»Das könnte dir wirklich passieren. Aber du wirst dich nicht in Ruhe mit Maddie aussprechen können, wenn ihr die Kinder dabei habt«, gab meine Mutter zu bedenken und da konnte ich ihr nur Recht geben. Bisher hatten die Kinder uns immer eine Ausrede geliefert, warum wir nicht miteinander geredet hatten. Das musste anders werden. Außerdem gab es da ja noch den Plan in meinem Hinterkopf, mit der Klinik samt angrenzender Rehaeinrichtung dort in Kalifornien. Vielleicht war es jetzt an der Zeit, meine Mutter da mit einzubeziehen. In unsere Klinik wollte sowieso niemand zurück, dafür hatte es in letzter Zeit zu viel böses Blut gegeben. Aber vielleicht könnte ich mit meiner Familie gemeinsam diese Idee in die Tat umsetzen?

Den Rest der Fahrt verbrachte ich damit, meiner Mutter diese Idee zu erläutern. Erst war sie skeptisch, aber je länger ich ihr alles erklärte, umso interessierter wurde sie. Allerdings war Aptos am anderen Ende des Kontinents und im Moment konnte meine Mutter sich schwer vorstellen, einfach so alles hinter sich zurückzulassen.

»Ich habe immer in New York gelebt. Ob ich mich in einer Kleinstadt jemals heimisch fühlen könnte?«, zweifelte sie. Aber immerhin war sie der Idee nicht grundsätzlich abgeneigt. »Am besten holen wir erst einmal Alexander ab, fahren dann nach Hause und besprechen heute Abend alles ganz genau mit deinem Vater, Lizzy und Landon. Landon kommt ja auch aus Aptos und kann dir vielleicht ein paar wertvolle Ratschläge geben.«

Die Idee klang an sich nicht schlecht, wenn ich auch am liebsten heute gleich losgeflogen wäre, um mich mit Maddie auszusprechen. Aber das war sowieso keine Sache, die sich innerhalb weniger Stunden lösen ließe, dazu hatte ich sie sicher zu sehr verletzt. Wenn ich gleich morgen fliegen könnte, würde das wahrscheinlich auch nichts mehr ausmachen. Den Gedanken, dass es für eine Entschuldigung schon zu spät sein könnte, verdrängte ich schnell wieder. Hätte ich doch nur von Anfang an anders gehandelt. Ich hätte Paula einfach so helfen sollen und vielleicht wäre daraus dann eine ganz normale Beziehung entstanden. Aber nun war es zu spät, um daran noch etwas zu ändern. Nun konnte ich nur versuchen, Maddie zurückzugewinnen und endlich eine normale Beziehung mit ihr zu haben.

Endlich waren wir in Bethel und fuhren nach der Wegbeschreibung, die der Polizist uns vorhin gegeben hatte, zum Revier. Kaum hatte Mom den Wagen auf dem Parkplatz gestoppt, sprang ich auch schon aus dem Auto und lief zum Eingang. Das Polizeirevier schien nicht sonderlich groß zu sein. Im Vorraum saß eine ältere Frau mit grauen Locken und löste ein Kreuzworträtsel, während mein Sohn neben ihr saß und malte. Zum Glück schien ihm wirklich nichts zu fehlen. »Alex!«, rief ich laut. Er zog den Kopf etwas ein und blickte vorsichtig zu mir hoch.

»Daddy«, flüsterte er dann.

»Alex, was machst du nur für Sachen?« Meine Stimme zitterte. Ich hatte gar nicht bemerkt, dass ich angefangen hatte vor Erleichterung zu weinen, als ich ihn gesund und munter gesehen hatte.

»Mr. Baker ist da«, sprach nun die ältere Frau in den Hörer des Telefons und legte wieder auf. »Officer Whright kommt sofort«, teilte sie mir dann mit.

»Danke«, antwortete meine Mutter. Ich hatte bisher nicht einmal bemerkt, dass sie mittlerweile auch hereingekommen war. Ich hatte nur Augen für Alexander, der unruhig auf dem Stuhl hin und her rutschte. Sein schlechtes Gewissen war ihm regelrecht ins Gesicht geschrieben und er schien nicht zu wissen, wie er jetzt reagieren sollte. Sein Blick war starr auf seine Hände gerichtet und es fehlte eigentlich nur, dass er den Kopf einzog, um vor mir in Deckung zu gehen.

Im Moment war ich aber viel zu erleichtert, um mit ihm zu schimpfen. Ich ging einfach um den Schreibtisch herum und hob ihn vom Stuhl hoch auf meinen Arm und drückte ihn fest.

»Du hast uns zu Tode erschreckt, Alex«, flüsterte ich mit tränenerstickter Stimme. Jetzt, da ich ihn im Arm hielt, brachen meine Gefühle über mir zusammen. »Mach so etwas nie, nie, nie wieder! Versprich mir das!« Er schmiegte sich an mich, antwortete aber nicht sofort.

»Versprichst du ihm das?«, fragte ein Polizist, der währenddessen den Raum betreten hatte. »Das, was du gemacht hast, war wirklich leichtsinnig, junger Mann und hätte böse enden können.« Bei diesen Worten musste ich an meinen Traum denken und drückte Alexander noch fester.

»Aua!«, jammerte er etwas übertrieben. »Dad, du zerdrückst mich ja.« Ich ließ etwas lockerer, dachte aber gar nicht daran, ihn runter zu lassen.

»Alexander, versprich uns, dass du nie wieder wegläufst«, verlangte nun auch meine Mutter von ihm und Alex guckte böse von einem zum anderen.

»Ich will aber zu Paula und Maddie!«, schrie er mich dann plötzlich an. »Nur weil ihr euch gezankt habt, sind sie nun weg. Ich will sie zurückholen oder bei ihr bleiben. Paula und ich haben uns alles so schön ausgedacht. Ihr sollt heiraten und dann werden wir Geschwister, wie in einer richtigen Familie, aber du hast alles kaputt gemacht.« Nach den letzten Worten brach er in Tränen aus und ich wusste nicht, was ich sagen sollte, um ihn zu trösten. Also wiegte ich ihn nur einfach in meinen Armen hin und her. Erst jetzt wurde mir bewusst, was ich auch den Kindern angetan hatte.

Kurz überlegte ich, ob ich ihm versprechen sollte, dass ich die Beiden zurückholen würde, aber diesen Gedanken verwarf ich schnell wieder. Wenn Maddie mich nicht wollte, würde ich ihn nur gleich wieder verletzen und das wollte ich nicht riskieren.

»Alex, es tut mir so leid. Ich weiß, dass ich viel falsch gemacht habe. Aber ich werde versuchen, das alles wieder in Ordnung zu bringen. Ich kann dir nur nichts versprechen, ehe ich nicht mit Maddie gesprochen habe.« Alexander sah mich überrascht an.

»Du wirst mit Maddie reden?«, fragte er hoffnungsvoll.

»Ja und ich hoffe sehr, dass sie mir verzeihen kann«, erwiderte ich.

»Das macht sie bestimmt! Sie hat dich ja lieb«, erklärte Alexander im Brustton der Überzeugung und sah dabei schon wieder ganz zufrieden aus. Später würde ich aber trotzdem noch ein ernstes Wort mit ihm reden müssen. Ich ließ ihn herunter, damit meine Mutter ihn umarmen konnte.

»Ich möchte Sie eigentlich nicht unterbrechen, Mr. Baker, aber das Wichtigste scheint ja jetzt geklärt zu sein. Würden Sie mir bitte in mein Büro folgen, damit wir alles besprechen, und den Papierkram erledigen können?« Der Polizist bedeutete mir, ihm zu folgen, während Alexander lieber mit meiner Mutter im Vorraum wartete. Dort war dann alles schnell geklärt. Der Polizist befragte mich noch einmal, wie es zu Alexanders Ausreißversuch gekommen war und erzählte mir dann, wie der Fahrer ihn auf dem Hof einer Spedition auf der Ladefläche eines Trucks gefunden hatte. Als er mir erzählte, dass der Truck sonst nach Kanada gefahren wäre, musste ich schon ziemlich schlucken. Nicht auszudenken, was ihm auf dieser langen Fahrt alles hätte passieren können.

»Danke, für alles. Ich möchte mich gern auch bei dem Fahrer bedanken. Könnten sie mir seine Kontaktdaten geben?« Das tat er und ich unterschrieb noch das Protokoll, ehe ich mich von ihm verabschiedete.

Er begleitete mich noch in den Vorraum und wandte sich dort noch einmal an Alexander.

»Ich hoffe sehr, dass ich dich hier nie wieder sehe. Du hast deiner Familie einen gehörigen Schrecken eingejagt und es hätte einiges passieren können. Wenn beim nächsten Mal irgendetwas ist, lauf nicht weg, sondern versuche mit deinem Vater darüber zu reden, was dich bedrückt. Weglaufen ist niemals eine Lösung.« Irgendwie hatte ich das Gefühl, dass er dabei auch mit mir sprach.

Ich war sozusagen auch weggelaufen und hatte dadurch Maddie verloren. Ich hoffte nur, dass sie mir ebenso verzeihen konnte wie ich Alexander.

Sebastian in Aptos

Erschüttert starrte ich auf die Tür, die gerade zum zweiten Mal vor meiner Nase zugefallen war. Hatte ich Maddie so sehr verletzt, dass sie mir gar keine Chance mehr geben wollte? Verständlich wäre es, aber ich schwor mir, dass ich nicht so schnell aufgeben würde. Ich war gleichzeitig froh und unglücklich, dass ich Alex bei meiner Mutter in der Pension gelassen hatte. Froh, dass er die Abfuhr nicht miterleben musste und unglücklich, weil Maddie ihm die Tür sicherlich nicht vor der Nase zugeschlagen hätte. Nun musste ich hier alleine durch, aber ich hatte es ja auch ganz alleine verbockt. Ein weiteres Mal klingelte ich und wieder hörte ich Maddies Schritte hinter der Tür. Würde sie mir diesmal öffnen? Wenn nicht würde ich hier vor der Tür bleiben, bis sie es täte. Irgendwann musste sie das Haus ja auch wieder verlassen. Zumal Lizzy mir erzählt hatte, wie viel sie hier herumfahren musste, um Paulas Rehatermine einhalten zu können.

Als es allerdings zwanzig Minuten später anfing, wie aus Kübeln zu schütten, gab ich meinen Belagerungsposten doch auf und ging wieder zur Pension. Diese lag nur zwei Straßen von Maddies Haus entfernt und ich war die kurze Strecke gelaufen. Ich nahm mir vor, morgen das Auto zu nehmen und mich dann dort hinein zu setzen, falls es regnen sollte, denn ich musste unbedingt mit Maddie reden.

Am nächsten Morgen stand ich kurz vor acht Uhr bereits wieder vor Maddies Haustür, diesmal allerdings in Begleitung von Alexander, der sich geweigert hatte, wieder zu warten. Auf mein Klingeln hin, erschien Paulas Gesicht an einem Fenster und nun war ich mir sicher, dass Maddie öffnen würde, denn Paulas Strahlen, als sie Alex sah, sagte eindeutig, dass sie es ihrer Mutter nicht verzeihen würde, wenn sie es nicht täte.

»Guten Morgen, Alexander. Hallo, Sebastian«, begrüßte sie uns und Paula schrie hinter ihr gleich nach Alex. Der lief zu ihr, hob sie hoch und drehte sich mit ihr im Kreis. Die Wiedersehensfreude der Beiden war einfach zu niedlich. Maddie sah den Beiden lächelnd zu und beachtete mich überhaupt nicht. Erst als die Kinder verschwunden waren, weil Paula Alexander ihr Zimmer zeigen wollte, sprach sie mich an.

»Was willst du hier, Sebastian?« Ihr Blick war absolut eisig.

»Mich bei dir entschuldigen«, antwortete ich ehrlich. »Maddie, es tut mir so leid, dass ich so überreagiert habe. Ich hoffe, du kannst mir verzeihen und gibst mir noch eine Chance ...« Eigentlich wollte ich ihr noch sagen, dass ich sie liebte, aber dazu kam ich nicht mehr.

»Und deshalb fliegst du extra hierher? Sebastian, für mich ist diese Scheinbeziehung beendet! Ich kann und will das nicht mehr.« Wie sollte ich ihr nur erklären, dass ich viel mehr als nur eine Scheinbeziehung wollte? »Du machst es auch für die Kinder nur noch schwerer so. Wie willst du sie jetzt wieder voneinander trennen? Paula hat schon genug gelitten.« Maddie klang verletzt und resigniert.

Kurz überlegte ich, ehe ich antwortete.

»Maddie, gib mir bitte eine Chance. Ich möchte einen neuen Anfang für uns vier. Alexander und Paula hängen so aneinander, er liebt euch und ich ...«, kurz stockte meine Stimme. Diesen Satz hatte ich nach Charlotte nie wieder zu einer Frau gesagt. »Ich ... Maddie, ich ... ich liebe dich! Gib uns eine Chance für eine richtige Beziehung.« Endlich war es raus und ich war fast erleichtert darüber. Jetzt, da ich es laut ausgesprochen hatte, fühlte es sich noch wirklicher an. Maddie antwortete erst gar nicht, sondern starrte mich nur entgeistert an, als würde sie nicht glauben, was ich ihr gerade gesagt hatte.

»Maddie, ich liebe dich wirklich, bitte gib mir noch eine Chance.« Besonders männlich war mein Betteln wohl nicht, aber meinen Stolz musste ich jetzt wirklich hinunter schlucken.

»Ich brauche Zeit, Sebastian«, antwortete sie nach einer gefühlten Ewigkeit zögernd. »Ich empfinde auch etwas für dich, aber ich habe Angst. Dräng mich bitte nicht. Solange ihr hier in Aptos seid, kann Alexander gerne jeden Nachmittag vorbeikommen, wenn Paula mit ihren Behandlungen durch ist und vielleicht können wir uns dann auch langsam annähern, aber ich weiß nicht, ob ich das kann.« Nervös begann sie auf und ab zu gehen und es dauerte etwas, bis sie weiter sprach. »Du hast mich sehr verletzt, als du mich so behandelt hast und irgendwann fährst du sowieso wieder weg und ich bin wieder allein.« Damit beendete sie das Gespräch und ging, um nach den Kindern zu sehen.

In den darauffolgenden Tagen sahen wir uns täglich wegen der Kinder, aber ohne wirklich viel miteinander zu sprechen. Maddie ging mir möglichst aus dem Weg oder sorgte dafür, dass wir nie allein waren. Allerdings hatte ich keinesfalls vor, so einfach aufzugeben. Wenn sie dachte, dass ich einfach wieder abreisen würde, wenn sie ein Gespräch lange genug hinauszögern würde, dann hatte sie sich getäuscht. Ich würde ihr schon noch beweisen, wie ernst es mir war und dass ich eine echte Beziehung mit ihr haben wollte und da sie sicher nicht bereit war, wieder nach New York zu gehen, dann eben hier in Aptos.

Ich plante alles ganz genau und traf nach und nach die Vorbereitungen für einen Umzug hierher und traf mich sogar zweimal mit Maddies Mutter Renée, die ich davon überzeugen konnte, dass ich ihre Tochter über alles liebte und sie zurückerobern wollte. Alexander konnte erst einmal als Gastschüler die hiesige Grundschule besuchen. Ich hatte dem Direktor erklärt, dass wir planten, hierher zu ziehen und er hatte sofort zugestimmt ihn als Gastschüler aufzunehmen, bis alles geklärt war. Ihm gefiel es dort auch und er hatte schon am zweiten Tag einen Freund gefunden.

So hatte ich immer den halben Tag Zeit, um meinen Plan in die Tat umzusetzen. Dass ich nicht nach New York zurückgehen würde, war schon völlig klar für mich und so tat ich alles dafür, um hier in Aptos Fuß zu fassen. Die kleine Klinik hier vor Ort stand meiner Idee, eine Neurochirurgische Abteilung und eine Rehaklinik anzugliedern, leider ziemlich skeptisch gegenüber. Aber ich tat alles, um sie mit Kostenplänen, Plänen für eine Stiftung und der Aussicht auf viel Geld umzustimmen. Langsam hatte ich auch das Gefühl, dass sie die ganze Idee etwas positiver sahen. Ich hatte mich schon mit den Kollegen von der Fortbildung in Verbindung gesetzt und in drei Wochen wollten sie alle hierher kommen und der Klinikleitung das Konzept ihrer geplanten Rehaklinik vorlegen. Auch mein Vater und Lizzy wollten zu diesem Treffen kommen, mein Vater war sehr interessiert an diesem Projekt und war nicht abgeneigt, hier auch eigenes Geld in das Projekt zu investieren, und Lizzy und Landon wollten mit dem Baby sowieso nicht in New York leben. Da Landon ja von hier kam und er Familie vor Ort hatte, lag der Gedanke nahe, dass wir alle hierher ziehen könnten. Die beiden würden dann einfach nach Andys Hochzeit, die in zweieinhalb Wochen war, noch ein paar Tage hierbleiben, um die beruflichen Chancen für Landon vor Ort abzuklären.

Ich hatte auch schon überlegt, mir ein Haus hier zu kaufen, um Maddie zu beweisen, wie ernst es mir war. Allerdings sollte sie ein Mitspracherecht haben, wenn wir zusammen ziehen würden und deshalb hatte ich jetzt erst einmal ein möbliertes Haus zur Miete gesucht. Nächste Woche würde ich die Schlüssel bekommen und konnte dann sofort einziehen. Aus meiner New Yorker Wohnung wollte ich nur wenig mitnehmen und sie später dann auch möbliert vermieten. Denn ich hatte keine Lust, ewig in der Pension wohnen zu bleiben. Ein Blick auf die Uhr sagte mir, dass es nun auch Zeit war, mich auf den Weg zu machen.

»Alex, zieh dir bitte Schuhe an, wir müssen los«, erklärte ich ihm. Er sprang natürlich sofort auf und machte sich fertig. Es konnte ihm sowieso nie schnell genug gehen, zu Paula und Maddie zu kommen, und gerade heute war er besonders aufgeregt wegen der Überraschung, die ich für Paula zum Geburtstag hatte.

Ein bisschen Angst hatte ich zwar vor Maddies Reaktion auf das Geschenk, aber ich war mir sicher, dass sie mir verzeihen würde und zur Not würde ich ihr anbieten, dass ich sämtliche Arbeit und Kosten für die

Katzenkinder übernehmen würde. Dass ich dafür dann ständig bei ihr sein müsste, war ein angenehmer Nebenaspekt. Außerdem wusste ich von ihrer Mutter, die mein Werben um Maddie gerne sah, dass sie sich schon immer eine Katze gewünscht hatte und nur wegen ihrem Exmann keine hatte, denn der war allergisch. Emma, wie ich sie nennen durfte, hatte mir auch sofort angeboten, dass sie sich um die Katzen kümmern würde, wenn Maddie und ich mal keine Zeit hatten.

»Holen wir jetzt Lucky und Happy ab?«, fragte Alex aufgeregt, der die Katzenbabys zusammen mit mir ausgesucht hatte.

»Ja, da fahren wir jetzt auf dem Weg zu Paulas Party vorbei«, antwortete ich lachend. Alles nötige Zubehör für die beiden niedlichen Katzenkinder hatte ich schon im Auto, damit Maddie sich um nichts kümmern müsste.

Bei den Züchtern der Kleinen dauerte es, wie im Vorfeld besprochen, nicht lange und so konnten wir die beiden Main Coon-Kätzchen schnell in den Transportkorb packen und mit ihnen zu Paulas und Maddies Haus fahren. Emma erwartete uns dort bereits, um uns herein zu lassen und alles aufzubauen, denn ich wollte die armen Kleinen nicht mit in den Garten von Maddies Exschwiegereltern mitnehmen, in dem Paulas Geburtstag gefeiert wurde.

Ein bisschen Bammel hatte ich ja schon vor der Begegnung mit Maddies ganzer Familie und ihren Freunden. Bisher kannte ich ja nur Emma und Andy und der war sicher nicht allzu begeistert von mir, wenn er wusste, dass ich wegen meiner Eifersucht auf ihn die Beziehung zu Maddie beendet hatte. Aber da musste ich jetzt durch und allen beweisen, wie ernst mir das war. Ich hatte mir vorgenommen, mich heute vor allen Leuten noch einmal bei Maddie zu entschuldigen und sie um eine zweite Chance zu bitten. Ich hoffte, dass sie dann begriff, wie ernst ich es mit uns meinte.

Emma war ganz begeistert von den beiden Kätzchen und half uns das Zubehör aufzubauen. Dabei redete sie ununterbrochen.

»Ich hoffe so sehr, dass zwischen euch alles wieder in Ordnung kommt. Maddie ist in den letzten Monaten von so vielen Menschen, einschließlich mir, enttäuscht worden, dass es schwierig ist, ihr Vertrauen zurück zu bekommen. Mir ist es auch noch nicht gelungen, aber mein Therapeut sagt, dass ich erst einmal meine Vergangenheit fertig aufarbeiten sollte, ehe ich versuchen kann, Maddie meine schrecklichen Worte zu erklären.« Sie senkte den Blick, wahrscheinlich schämte sie sich sehr, weil sie ihre Enkeltochter hatte aufgeben wollen. »Ich hoffe sehr, dass sie mir eines Tages verzeihen kann. Ich bin so stolz auf sie, wie sie das alles gemeistert hat. Maddie ist so eine starke Frau, viel stärker, als ich es jemals war ...«

Für mich war sie wirklich die stärkste Frau, die ich kannte. Viele andere wären unter der Last der Verantwortung schon längst zusammengebrochen, aber Maddie schaffte es und das trotz der vielen Rückschläge und der vielen Leute, die sie verletzt und verraten hatten. Ich hoffte nur, dass ich es schaffte, ihr zu zeigen, dass ich von nun an für sie da sein wollte und ihr beistehen würde.

»Wollen wir dann fahren?«, fragte Emma auf einmal. Ich konnte nur nicken und schluckte einmal kurz trocken. Nun ging es los und ich hoffte sehr, dass Maddie mir diesmal zuhören würde.

Outtake John

»John«, flötete Jeany und ich sah von dem Chaos auf meinem Schreibtisch auf. Sie trug nur noch BH und Slip und es war eindeutig, was sie wollte. Noch nie hatte ich so eine dauergeile Frau gesehen, dagegen kam niemand anderes an, auch wenn mich der Bauch langsam abtörnte. Schon bei Maddie hatte ich den Schwangerschaftsbauch gehasst und nun war Jeany auch noch schwanger. So hatte ich das eigentlich nicht geplant. Da hätte ich ja auch gleich bei Maddie bleiben können. Kinder waren ja ganz niedlich, solange sie klein und vor allem gesund waren, außerdem konnte man als stolzer Vater leichter an Frauen herankommen.

Immerhin hatte die Schwangerschaft aber einen Vorteil. Sie war ständig heiß auf mich und würde mich die ganze Zeit verführen. Normalerweise sagte ich auch nie nein, aber im Moment war mein Kopf einfach zu voll. B&B hatte uns gerade den Auftrag entzogen, weil ich beim Termin meine Unterlagen nicht zusammen gehabt hatte. Das war alles nur Jeanys Schuld. Im Bett war sie genial, aber im Büro eine Katastrophe. Seit Maddie mich im Stich gelassen hatte, ging im Büro alles schief und zum Dank musste ich ihr auch noch Unterhalt zahlen. Das war doch zum Kotzen.

Warum hatte Paula nur krank werden müssen? Sie ist Schuld an allem. Vorher war alles so ideal gewesen in der Firma und zu Hause hatte ich Maddie gehabt, die immer die Übersicht hatte und mein Chaos beseitigte und das Sexleben war auch in Ordnung gewesen und wenn mir der Sinn nach Ablenkung stand, hatte ich seit dem Studium Jeany und ein paar andere gehabt, die ich jederzeit besuchen konnte.

Nie hätte ich erwartet, dass Maddie die Firma, das Haus und unser ganzes Leben aufgeben würde, nur weil ihre Tochter krank geworden war. Ich meinte, Paula war doch nur ein Kind. Klar, sie war süß und ich mochte sie, aber ein behindertes Kind war einfach etwas, mit dem ich gar nicht umgehen konnte. Solche Kinder gehörten in Anstalten und nicht auf die Straße.

Meinen Eltern, die Paula und Maddie vergötterten, konnte ich das so natürlich nicht sagen. Aber sie hatten problemlos die Story geschluckt, dass Maddie mich betrogen hatte und Paula wahrscheinlich auch schon von diesem New Yorker Arzt war, den Maddie nicht erst jetzt kennengelernt hatte, sondern schon ewig kannte. Sie waren völlig entsetzt darüber und hatten jeden Kontakt zu Maddie, ihren Eltern und allen Freunden der Familie abgebrochen. Außerdem hatte meine Mutter seit dem Herzinfarkt meines Vaters sowieso völlig andere Sorgen, denn mein Dad war seitdem nicht mehr der Mann, der er einst gewesen war.

Wenn es nach mir ginge, wäre er längst im Altersheim, denn er brauchte ständig Pflege, Hilfe und Medikamente und meine Mutter verlangte doch allen Ernstes, dass ich sie bei Arztterminen und Einkäufen unterstützte. Ihrer Meinung nach war Familie doch dafür da. Na ja mit dieser Meinung stimmte ich nicht überein. Klar hatte ich jede Hilfe meiner Eltern immer gerne angenommen, aber schließlich hatten sie mich in diese Welt gesetzt, da konnte ich das doch auch erwarten. Kein Mensch hatte mich gefragt, ob ich geboren werden und in diesem Kuhdorf aufwachsen wollte.

»John!«, grummelte Jeany nun, weil ich sie nicht beachtet hatte und riss mich damit aus meinen Gedanken. »Lass doch die blöde Büroarbeit. Ich will endlich mal wieder mit dir ausgehen. Lecker essen, etwas trinken und dann ordentlich abtanzen, ehe ich zu fett dafür werde.« Mir passte es nicht, dass Jeany immer noch trank, obwohl sie schwanger war, aber sie ließ sich da nicht reinreden.

»Jetzt nicht, Jeany«, bremste ich sie. »Ich muss erst den Schreibtisch leer kriegen. Ich brauche die Kampagne für das Autohaus, da muss noch etwas dran geändert werden, ehe ich sie morgen dem Chef dort vorstelle.« Doch sie ließ sich nicht beirren und fegte einfach mit einer schnellen Handbewegung alle Papiere vom Schreibtisch. Dann setzte sie sich darauf, zog sich den Slip aus und präsentierte sich mir mit weit gespreizten Schenkeln. Welcher Mann könnte da schon widerstehen?

Ich jedenfalls nicht und das wusste sie genau, denn schon während unseres Studiums und später hatte sie mich so problemlos dazu bekommen, Maddie zu betrügen. Und die machte es mir auch einfach. In ihrer Naivität hatte sie niemals vermutet, dass ich sie betrügen könnte. Zumindest nicht, bis Paula krank geworden war. Das hatte mir alles kaputt gemacht. Nun musste ich mit Jeany im Büro klar kommen und konnte nur hoffen, dass es nicht in einer Katastrophe enden würde. Sie war noch chaotischer als ich und das sollte etwas heißen.

Zwei Wochen später bekam ich die Quittung für diesen Tag, denn natürlich hatte ich den Werbeauftrag für das Autohaus nicht bekommen und langsam aber sicher geriet ich in immer größere finanzielle Probleme. Ich hatte die Rate fürs Haus nicht zahlen können und die Bank drohte schon damit, mir dieses wegzunehmen.

Ich musste den Unterhalt an Maddie überweisen und traute mich auch nicht, es nicht zu tun, denn Andy und Landon, Maddies dämliche Freunde hatten mir gedroht, dass sie mich einen Kopf kürzer machen würden, wenn ich nicht pünktlich zahlen würde. Und wenn ich ehrlich war, dann traute ich ihnen zu, dass sie ihre Drohung wahr machen könnten, also wusste ich langsam wirklich nicht mehr weiter. Zumal Jeany absolut nicht mit Geld umgehen konnte und es mit beiden Händen zum Fenster hinaus warf.

Das Geld von dem einzigen Auftrag, den ich in den letzten Wochen fertig bekommen hatte, schickte ich an Maddie und dann entschloss ich mich schweren Herzens, das Büro zu kündigen und nach Hause zu verlegen. Ich war dem Vermieter sowieso schon drei Monatsmieten schuldig und im Moment konnte ich die einfach nicht aufbringen. In Aptos bekam ich einfach keine Aufträge mehr, jeder hier vor Ort schien mich seit Maddies Weggang zu meiden. Dabei war sie doch auch nicht besser als ich und hatte sich längst mit einem reichen Arzt getröstet.

Das Telefon klingelte und ich ging erwartungsvoll dran. Vielleicht war es ja ein neuer Kunde, der mir aus meiner finanziellen Misere helfen konnte. Eigentlich sollte Jeany sich ja um das Telefon kümmern, aber die war heute mit ein paar Freundinnen in Los Angeles, sodass ich das übernehmen musste. Aber ich hatte ja leider sowieso nichts zu tun.

»Werbeagentur Stone. Was kann ich für Sie tun?«, meldete ich mich höflich.

»John, ich möchte, dass du sofort zu uns nach Hause kommst«, forderte mein Vater mich auf. »Wir müssen dringend etwas mit dir besprechen.« Irgendetwas in seiner Stimme ließ sämtliche Alarmglocken in meinem Kopf läuten. Und so sagte ich zu, sofort zu kommen. Zu tun hatte ich ja sowieso nichts und Firmenanrufe konnte ich mir aufs Handy umleiten, das war kein Problem.

Wenn ich allerdings geahnt hätte, was meine Eltern von mir wollten, wäre ich nicht so bereitwillig zu ihnen gefahren. Am Abend lag ich völlig erschöpft mit einem Bier in der Hand auf dem Sofa und dachte über diesen Tag nach. So ein Donnerwetter hatte ich mein ganzes Leben lang noch nicht erlebt. Ihnen waren in letzter Zeit wohl einige Gerüchte zu Ohren gekommen, wie mies ich mich Maddie gegenüber verhalten hatte und was ich für ein schlechter Vater war und das hatten sie zum Anlass genommen, um mit zwei alten Zahnbürsten von Paula und mir, die wir bei ihnen im Gästebad stehen hatten, einen Vaterschaftstest zu machen.

Natürlich war dabei einwandfrei heraus gekommen, dass ich Paulas Vater war und nun waren sie so enttäuscht von mir, dass sie mich enterbt hatten und ihre Enkelin zu ihrer Alleinerbin machen wollten. Ich war sprachlos und wollte ihnen erklären, dass sie das noch nicht machen könnten.

»Wir können nicht nur, wir haben es schon alles mit einem Anwalt geregelt. Du bekommst später einmal keinen Cent von uns. Wir haben keinen Sohn mehr!«, hatte mein Vater mir eiskalt erklärt. Irgendetwas musste ich schnellstmöglich tun. Am Besten wäre es wahrscheinlich, wenn ich meine Eltern entmündigen lassen würde. Denn so wie sie sich benahmen, konnten sie ja nicht mehr normal sein.

Das konnten sie mir doch nicht antun! Als ich das laut ausgesprochen hatte, war mein Vater fast auf mich losgegangen mit seinem Gehstock.

»Du solltest mal überlegen, was du Maddie und Paula angetan hast!«, hatte er gebrüllt und mich dann einfach vor die Tür gesetzt. Meine Mutter, die sonst immer zu mir gehalten hatte, war diesmal auf seiner Seite gewesen. »Was haben wir bei dir nur falsch gemacht?«, hatte sie doch allen Ernstes gefragt.

Nun wartete ich auf Jeany, damit ich an ihr wenigstens noch etwas Druck ablassen konnte, zum Glück war sie ja immer und zu jeder Zeit gern dazu bereit. Allerdings sollte sie sich besser etwas beeilen, denn das Bier war alle und ich musste bald auf härtere Sachen umsteigen, um mir die Wartezeit zu verkürzen.

Irgendwann musste ich eingeschlafen sein, denn ich wachte laut schreiend auf. Ich hatte einen total verrückten Albtraum, in dem mich mehrere komische Tiere und seltsame Weiber mit bunten Puscheln verfolgt hatten. Irgendwann hatten sie mich erwischt! Ein Wok, Peitschen, Kaltwachsstreifen und ein Spatz, der wild auf meinem Arsch herum pickte. Es war, als wären die Schmerzen real. Ich starb, mit dem gehässigen Klang von lautem Lachen. In diesem Moment wachte ich Gott sei Dank auf. Verschreckt sah ich mich um, aber glücklicherweise war niemand da. Ich beschloss, lieber nichts mehr zu trinken, wenn das dabei heraus kam.

Endlich hörte ich den Schlüssel im Türschloss, der Jeanys Rückkehr anzeigte. Fröhlich kam sie auf mich zu gelaufen.

»John, ich war heute beim Frauenarzt in Los Angeles. Stell dir vor, es werden Zwillinge.« Ihre Stimme überschlug sich dabei fast vor Freude. Mir wurde augenblicklich übel. Zwillinge! Das war eine Katastrophe. Wie konnte sie sich darüber nur freuen?

Im Moment schien wirklich alles in meinem Leben schief zu gehen. Dass die Bank mir am nächsten Tag auch noch die Zwangsversteigerung meines Hauses ankündigte, setzte dem ganzen noch die Krone auf. Kurzfristig überlegte ich sogar, einfach mit dem Auto gegen den nächsten Baum zu fahren, um dieses elendige Leben zu beenden. Aber leider war ich dafür zu feige. Ich kniff mich selbst fest in den Arm und jaulte laut auf, weil es so weh tat. Dieses Mal war es leider kein Traum.

John - Einige Jahre später

»Jooooohn! Jooooohn, wo ist mein Bier?« Jeanys nervtötende Stimme grölte durch den ganzen Trailerpark.
»Hier!«, motzte ich sie an und ließ den Sixpack auf den wackeligen Plastiktisch vor unserem Wohnwagen fallen. Wie mich das alles hier ankotzte, aber ich hatte keine Wahl, ich war bis an mein Lebensende an sie gebunden. Ich hatte mir meine persönliche Hölle auf Erden selbst eingebrockt. Wenn ich irgendwie die Chance kriegen würde, dann würde ich die Zeit am liebsten zurückdrehen, gleich bis zu meiner Collegezeit und mein ganzes Leben ändern.

Heute, da ich ganz unten war, wusste ich, was ich alles falsch gemacht hatte, aber nun konnte ich es nicht mehr ändern. Hätte ich damals mehr gelernt und mich nebenbei nur auf Maddie konzentriert oder noch besser, ganz auf Weiber verzichtet, statt noch mehrere Affären gleichzeitig zu haben, dann wäre heute alles anders. Leider hatte ich zu spät begriffen, was ich alles versaut hatte und nun saß ich hier zusammen mit Jeany und hatte keine Chance wieder auf die Beine zu kommen. Dafür hatte der Zwillingsbruder meiner Anwältin, die mich gegen Maddie vertreten hatte, gesorgt und alles nur, weil ich versucht hatte, ihr an die Wäsche zu gehen. Er hatte mir alles genommen, was mir etwas bedeutet hatte, mein Haus, meine Firma und sogar meinen Wagen. Ruhe gegeben hatte er nur, weil Jeany ihm die Zwillinge überlassen hatte, die er und seine Frau adoptiert hatten. Ich selbst hatte darauf keinen Einfluss gehabt, denn ich war gar nicht der leibliche Vater gewesen, sondern irgend so ein Kerl, den Jeany in einer Bar aufgerissen hatte. Da Jeany nun tausend Dollar monatlich für die Zwillinge von diesem Kerl bekam, hatte auch ich versucht, Geld für Paula zu bekommen, schließlich durfte der neue Stecher meiner Exfrau Paula adoptieren. Leider war Landon ihr Anwalt und hatte mir gedroht, mich wegen Kinderhandel anzuzeigen, da hatte ich lieber schnell die Papiere unterschrieben, ohne weitere Forderungen zu stellen. Wenigstens drohte mir nun keine Anzeige mehr wegen nicht gezahltem Unterhalt.

Das Ganze war nun schon fast sechs Jahre her und ich hatte immer gehofft, dass ich bald wieder auf die Füße kommen würde und dann Jeany endgültig in den Arsch treten könnte. Spätestens, wenn meine Eltern sterben würden, ginge es mir besser, hatte ich immer gedacht. Zumindest bis zur Testamentseröffnung, bei der ich erfuhr, dass sie ihre Drohung wahr gemacht und mich allen Ernstes enterbt hatten und alles, was sie besaßen, an Paula ging. Jeany war bei der Nachricht fast ausgerastet und wollte dagegen klagen, doch Anwälte waren teuer und außerdem wollte uns in dieser Sache niemand vertreten. Ich hatte den Verdacht, dass der Kerl auch hier seine Finger im Spiel gehabt hatte, aber beweisen konnte ich es nicht und außerdem war ich nicht so wahnsinnig, dass ich mich mit ihm anlegen würde.

Jeany wollte, nachdem sie die Zwillinge weggegeben hatte, unbedingt noch ein Kind. Aber zu meinem Glück war mir wenigstens das erspart geblieben, denn sie wurde nicht mehr schwanger. Ein Kind hier in dem engen Wohnwagen hätte ich auch nicht ertragen können.

Sie allein ging mir schon oft tierisch auf die Nerven und war nur zu ertragen, wenn wir beide genug getrunken hatten. Mit genügend Alkohol im Blut konnte ich mir sogar einreden, dass sie noch die blonde Schönheit von früher war. Die Wirklichkeit sah anders aus. Sie war bis auf die Knochen abgemagert, ihre Haut war grau und faltig und ihre Haare dünn und strähnig. Der Alkohol hatte eindeutig seine Spuren an ihr hinterlassen. Okay, an mir wahrscheinlich auch, aber das musste ich mir selbst ja nicht ansehen. Einen Ganzkörperspiegel gab es zum Glück nicht im Trailer und der kleine Spiegel im Badezimmer war so stumpf, dass man sowieso nicht viel darin sah. Jeany war nicht gerade eine gute Hausfrau und ich sah gar nicht ein zu putzen. Lieber trank ich mir unser Leben schön. Die tausend Dollar im Monat reichten aus für Essen und Trinken und was wollte man mehr vom Leben?

»John, wo sind meine Kippen?«, nörgelte Jeany schon wieder, dabei war ich gerade erst durch die Tür in den Wohnwagen gegangen, um die Einkäufe zu verstauen. Draußen konnte man ja nichts stehen lassen, sonst wurde es geklaut.

»Du solltest doch welche mitbringen.« Natürlich hatte ich das getan, ohne ihre Kippen war sie noch viel unerträglicher, als mit und den Rauch roch ich schon lange nicht mehr. Eigentlich roch ich gar nichts mehr, was wahrscheinlich auch gut so war, bei dem vielen Müll hier im Trailerpark.

»Ruhe da drüben. Andere wollen schlafen«, schrie Markus, unser direkter Nachbar, herüber. Der Kerl schlief Tag und Nacht und wenn er nicht schlief, dann schrie er herum.

»Es ist elf Uhr«, brüllte Jeany zurück. »Also stell dich nicht so an, du Arsch!« Ich ging rein und ließ mich aufs Bett fallen. Das würde jetzt stundenlang so weiter gehen, denn keiner von Beiden würde nachgeben. Es war jeden verdammten Tag das Gleiche. Da holte ich mir lieber meine Flasche Korn und trank, bis ich sie nicht mehr hören musste. Womit hatte ich dieses beschissene Leben nur verdient?

Jeany

Markus und ich machten uns mal wieder einen Spaß daraus, lautstark zu streiten. Entweder würde John dann bald abhauen oder so lange saufen, bis er nichts mehr mit bekam. Dann endlich konnte ich rüber zu Markus und etwas Spaß haben. Mit John lief ja schon lange nichts mehr und im Gegensatz zu ihm war Markus auch der bedeutend bessere Stecher. Außerdem war es bei ihm sauberer, als bei uns und mehr Kohle hatte er auch. Es war sowieso nur noch eine Frage der Zeit, dann würden Markus und ich uns ein Auto und einen neuen Wohnwagen kaufen und von hier verschwinden.
Ich sah gar nicht mehr ein, diesen Looser John weiter durchzufüttern. Das Geld, das ich monatlich von diesem Anwalt bekam, war meins und Markus hatte mir schon oft gesagt, dass ich viel zu gutmütig war, weil ich ihn aushielt. Meine Schuldgefühle wegen seiner Pleite waren längst weg. Wäre er nicht so ein Idiot gewesen, dann wäre die Firma auch nicht den Bach runter gegangen und wir hätten heute noch ein schönes, gemütliches Leben in Aptos führen können.
»Joooooohn!«, schrie ich, um zu kontrollieren, ob er noch wach war. Da keine Antwort kam, erhob ich mich und warf einen kurzen Blick in den Trailer. Mr. Stone schlief tief und fest, da konnte ich ja gehen. Ich nahm die gebunkerten viertausend Dollar aus der Zuckerdose und ging rüber zu Markus. Der war zwar auch nicht der Traum meines Lebens, aber immerhin ein Aufstieg und wenn ich einen besseren finden würde, dann könnte ich

ja weiter ziehen. Auf jeden Fall wollte ich aus diesem stinkenden Trailerpark verschwinden.

»Hast du die Kohle?«, war Markus erste Frage, als ich bei ihm war.

»Ja, hier«, antwortete ich grinsend und hielt die Scheinchen hoch.

»Gib es mir, ich hole das Auto ab und komme dann wieder, um dich einzusammeln.« Da konnte ich nur laut lachen.

»Hältst du mich für so dämlich? Du nimmst mich schön mit, Freundchen. Sonst sehe ich weder dich, noch mein Geld jemals wieder. Ich bin zwar blond, aber nicht blöd.« Dem Kerl würde ich schon zeigen, dass Jeany Stone sich nicht so leicht ausnehmen ließ.

»Okay, Babe, dann hol deine Sachen und lass uns von hier verschwinden.« Ich drehte mich um, um meine Sachen zu holen und merkte nur noch, wie ich einen Schlag in den Nacken bekam, dann wurde alles schwarz um mich herum.

Als ich wieder zu mir kam, war das Erste, dass ich bemerkte, wie mein Hals kratzte. Erst dann bemerkte ich die seltsame, weiße Umgebung und den sterilen Geruch. Ich lag in einem Krankenhausbett. Was war nur passiert? Hatte Markus mich niedergeschlagen oder hatte John uns erwischt?

Ein Mann in Uniform trat an mein Bett.

»Mrs. Stone?«, fragte er und ich nickte zur Bestätigung. »Ich bin Officer Smith vom Los Angeles Police Department. Wissen Sie, was passiert ist?« Ich schüttelte einfach den Kopf und krächzte ein »Nein!«. Warum nur war mein Hals so gereizt?

»Ihr Mann scheint Sie niedergeschlagen zu haben und hat dann den Wohnwagen angesteckt. Wir gehen von einem Mordversuch aus, auch wenn er alles bestreitet. Momentan sitzt er in Untersuchungshaft. Wir brauchen dringend Ihre Aussage.«

Das war die Lösung, um John endlich loszuwerden. Ich musste ihn ja nicht beschuldigen, nur nichts von Markus erzählen und schon wäre ich beide los. Entweder war er es sowieso gewesen oder Markus und dann legte ich mich lieber nicht mit ihm an. Am besten, ich fing allein irgendwo ganz neu an. Auch wenn mein Erspartes weg war, so konnte ich doch mit meiner monatlichen Abfindung ganz gut leben, vor allem, wenn ich diesen Versager nicht mehr durchfüttern musste.

»Ich erinnere mich an gar nichts. Irgendwer muss mich von hinten niedergeschlagen haben und dann bin ich hier aufgewacht«, gab ich zu Protokoll. »Aber wir hatten in letzter Zeit oft Streit und ich habe Geld gespart, um ihn zu verlassen. Viertausend Dollar hatte ich bei mir, sind die gefunden worden?«

Danksagung

Danke an alle Leser, die mich bis zum Ende dieses Buches begleitet haben.

Dann möchte ich zuerst meiner Familie, insbesondere meinem Mann danken, der mich immer unterstützt.

Ein ganz besonderer Dank geht auch an
Anna, Elli und die Bianca,
die meine zahlreichen Fehler ausgebügelt haben.

Und natürlich auch an alle anderen,
die mich mit Tipps und Ratschlägen unterstützt haben.

Eure

Alina

Über die Autorin

Alina Jipp wurde 1981 geboren und lebt mit Mann, Kindern, Katzen und Kaninchen in einem kleinen Ort im Harz. Sie hat schon immer viel gelesen und Geschichten im Kopf gehabt aber erst mit über 30 angefangen zu schreiben und kann seitdem nicht mehr aufhören.

›Der Arzt meiner Tochter‹ ist ihr erster Roman und kurz darauf folgte der Zweite mit dem Titel ›Geburtstagskuss mit Folgen‹.

Leseprobe ›Geburtstagskuss mit Folgen‹

Paula - Prolog

In der Pause saß ich mit meinen Freundinnen in der Mensa zusammen und folgte ihrem Gespräch, während ich meine Pizza aß.

»Paula! Heute Abend ist die Party des Jahres und du bist endlich fünfzehn, da müssen deine Eltern es doch erlauben!« Ich seufzte genervt. Warum konnte Michelle nur nicht verstehen, dass meine Eltern mir das niemals erlauben würden? Heute war mein fünfzehnter Geburtstag und abgesehen davon, dass die Familien Baker und Scott zu Besuch kommen würden, dürfte ich auch sonst nicht zu der Party eines Zwanzigjährigen im Haus seiner Eltern, die im Urlaub waren. Und wenn ich ganz ehrlich war, dann war ich sogar froh darüber. Michelle schwärmte immer für ältere Jungs, während ich bisher noch nie wirklich verliebt gewesen war. Natürlich hatte es schon den einen oder anderen Jungen gegeben, den ich niedlich fand.

Vielleicht war ich einfach von Zuhause her zu verwöhnt, um diese Idioten toll zu finden. Jeden einzelnen Jungen verglich ich mit meinem Bruder und da kam keiner von ihnen gut bei weg. Die Meisten hatten entweder nur Sport im Kopf oder waren nur an Partys, Drogen und Alkohol interessiert. Weder mit dem einen noch mit dem anderen konnte ich etwas anfangen. Irgendwo auf dieser Welt musste es doch noch einen Jungen wie

Alexander geben und wenn ich den treffen würde, dann würde ich mich sicherlich auch verlieben.

»Michi«, antwortete ich genervt. »Mein Dad ist Arzt und hat Ian erst vor drei Wochen wegen einer Alkoholvergiftung behandelt, als er Doktor Fuller vertreten hat. Glaubst du wirklich, dass er mich da zu einer von seinen nur allzu bekannten Partys lassen würde? Der ist doch nicht dämlich.« Ich wusste, dass es Michis Eltern egal war, wo ihre Tochter sich herumtrieb, aber meine waren zum Glück anders. Ich wollte nicht mit ihr tauschen, auch wenn sie weniger Probleme mit ihren Eltern hatte, wenn sie abends ausgehen wollte.

»Außerdem ist die ganze Familie heute da, sogar Alex kommt extra vom College, da kann ich doch nicht weg.« Michelle lächelte verträumt.

»Alexander kommt?«, fragte sie aufgeregt. »Kann ich dann nicht auch kommen? Dein Bruder ist so heiß und sogar noch viel süßer als Ian.« Michelle war, sehr zu meiner Belustigung, schon seit mindestens einem Jahr total in meinen Bruder verknallt. Sehr zu ihrem Leidwesen interessierte er sich aber gar nicht für Mädchen in unserem Alter.

»Morgen kommst du doch sowieso zu uns und mein Bruder bleibt bis Sonntag, also wirst du ihn auf jeden Fall noch sehen«, versprach ich ihr. Auch wenn meine Freundin wusste, dass sie keine Chance bei ihm hatte, so gab sie nicht auf und suchte bei jeder Gelegenheit seine Nähe. Alex schien das gar nicht zu bemerken, oder zumindest zeigte er es nicht, wenn er es doch tun sollte. Wahrscheinlich war es unter seinem Niveau, von kleinen Highschoolschülerinnen angehimmelt zu werden und er sagte nur nichts, um Michi nicht zu verletzen. Das würde ihm ähnlich sehen.

Endlich war die letzte Unterrichtsstunde um und ich konnte nach draußen eilen, wo meine Großeltern, die gerade wieder zu Besuch in Aptos waren, mich schon erwarteten. Normalerweise fuhr ich mit dem Schulbus, aber wenn jemand in der Nähe war, wurde ich oft abgeholt. Ich verabschiedete mich schnell von Michi und stieg in Grandpas Auto.

»Herzlichen Glückwunsch, Große«, begrüßte Grandma Emma mich.

»Ich kann gar nicht glauben, dass du schon fünfzehn bist. Wie konntest du nur so schnell so groß werden?« Das fragte sie jedes Mal, wenn sie in Aptos war. Meistens war mir das mehr als peinlich, vor allem, wenn ich mir das alleine anhören durfte. Aber heute war mein Geburtstag, da konnte mir nichts so schnell den Tag versauen.

Außerdem würde Alexander nachher auch seinen Teil davon abbekommen und wir konnten dann heute Abend am Strand spazieren gehen und uns gemeinsam über die Sprüche unserer Familie lustig machen. Während des Tages würde ein Blick reichen, damit er mich verstand. Alex war einfach der beste Bruder, den es auf der ganzen Welt geben konnte. Ob das daran lag, dass wir nicht wirklich blutsverwandt waren und uns als Kinder sozusagen ausgesucht hatten, wusste ich nicht. Aber eins war sicher! Meine Beziehung zu ihm war etwas ganz Besonderes. Wir waren zwar mit unserer kleinen Schwester Lilli zu dritt und wir liebten sie auch sehr, aber der Altersunterschied war so groß, dass die Beziehung zu ihr eine ganz andere war. Ich würde alles tun, um sie zu beschützen, aber mit Alex konnte ich über alles reden, was mit einer Grundschülerin natürlich nicht möglich war.

Kaum hielten wir vor unserem Haus, das etwas außerhalb von Aptos lag und direkten Zugang zum Strand hatte, da hielten auch schon meine anderen Großeltern William und Olivia neben uns an. Gleich danach kam auch meine Tante Elizabeth mit ihrem Mann Landon und den drei D's an, wie Alex und ich unsere Cousins Dave, Danny und Dylan nannten. Es gab noch vorm Haus ein großes Hallo, Küsse, Umarmungen, Gratulationen. Die Geschenke stapelten sich auf dem Tisch an der Tür. Trotz des Chaos und der Freude, die ganze Familie zu sehen, wartete ich sehnsüchtig auf meinen Dad, der Alex vom Flughafen abholte.

Wir waren gerade reingegangen, als der Wagen endlich hielt und schon rannten alle wieder hinaus, um Alexander zu begrüßen. Ich war zuerst bei ihm und fiel ihm einfach um den Hals. Dann tat er etwas, das mein Herz kurz zum Stillstand brachte. Er küsste mich kurz auf den Mund, ehe er mich umarmte und mir gratulierte.

Mir wurde ganz anders, erst heiß, dann kalt. Mein Herz begann wie wild zu schlagen und es war, als würden Schmetterlinge in meinem Bauch tanzen. Ich wünschte mir schon lange, dass irgend ein Junge mal Gefühle in mir auslösen würde und dass ich mich endlich verlieben könnte. Aber nun war es nicht irgendein Junge aus Aptos, sondern ausgerechnet mein großer Bruder. Das durfte einfach nicht sein, das wusste ich.

Irgendwie schaffte ich es, dass mir niemand etwas anmerkte. Zumindest hoffte ich es, denn der ganze restliche Tag war anders als sonst. Manchmal war es, als hätte sich ein Nebel über mich gelegt, der alles dämpfte und weniger real erscheinen ließ. Trotzdem schaffte ich es, den Tag irgendwie zu überstehen, auch wenn mein Herz jedes Mal schneller schlug, wenn Alexander mir näher kam. Am Abend, als alle weg waren, fragte er mich wie immer, ob ich mit ihm an den Strand gehen wollte. Fast hätte ich ›Nein‹ gesagt, obwohl ich es gar nicht wollte, aber dann sagte ich mir, dass ich das nicht durfte. Ich musste so tun, als wäre alles wie immer und schnellstens dafür sorgen, dass mein Herz aufhörte zu spinnen! Leicht fiel mir das nicht, so zu tun, als wäre alles in Ordnung. Vor allem nicht am Strand, denn der war mit einem Mal, im Licht der untergehenden Sonne, viel zu romantisch.

Wie konnte ein Kuss nur mein ganzes Leben auf den Kopf stellen? Alexander hatte mich schon oft brüderlich geküsst und an diesem Kuss war nichts anders gewesen als sonst. Warum reagierte ich auf einmal so? Ich war froh, als ich abends endlich allein in meinem Bett lag, auch wenn ich noch völlig durcheinander war. Aber zumindest musste ich nun nicht mehr so tun, als wäre alles wie immer. Denn plötzlich war nichts mehr wie zuvor und ich hatte niemanden, mit dem ich darüber reden konnte. Michelle war zwar meine beste Freundin, aber sie war selbst in meinen Bruder verliebt und außerdem wusste ich nicht, wie ich erklären sollte, dass er plötzlich mehr für mich war, als nur mein Bruder.